AF320024

AU C.^{en} BILLARD,

Chirurgien en chef de la marine, au port de Brest.

COMME UN TÉMOIGNAGE

DE RESPECT ET DE RECONNOISSANCE ;

ET UN HOMMAGE A SES TALENS,

ET POUR LE BIEN QU'IL M'A FAIT,

ET POUR LES SERVICES

QU'IL REND A L'HUMANITÉ.

BIBLIOTHÈQUE NATIONALE — DON

AVANT-PROPOS.

Cette partie de la science médicale que j'ai choisie pour en faire l'objet de cet essai, est très-avancée. Il ne reste presque rien à ajouter aux écrits, justement estimés, des médecins célèbres qui s'en sont occupés. L'intérêt puissant de l'humanité devoit éveiller leur génie observateur, et leur imposer la tâche non moins honorable qu'importante, de chercher et d'indiquer des procédés curatifs, qu'on pût opposer avec succès à un si terrible fléau. Ils n'ont point trompé l'attente de leurs contemporains; et ils ont légué à la postérité des matériaux utiles, des ouvrages précieux, où à côté des réflexions judicieuses, se trouvent des vues pratiques raisonnées. Enfin, nos lumières sur la dysenterie sont tellement grandes, qu'il est difficile d'en espérer l'accroissement, et si, contre mon attente, quelque découverte heureuse ajoutait à nos connoissances, ce ne pourroit être que le produit des observations et des méditations d'un médecin très-instruit.

C'est aux *Pringle*, *Monro*, *Sydenham*, *Stoll* et *Zimmermann*, que nous devons de tels progrès. L'ouvrage de ce dernier, où se trouvent les descriptions de diverses épidémies dysentériques, et qui forme un corps de doctrine complet sur cette maladie, est d'autant plus précieux, que les complications y sont distinguées d'une manière savante, et qu'un traitement relatif est la suite d'une division aussi utile.

Les remarques et les observations de *Stoll*, portent, selon le professeur *Pinel*, un caractère rare de sagacité et de pénétration; mais elles eussent eu plus d'unité et d'ensemble, s'il s'étoit élevé, à la considération de la nature de la dysenterie, et s'il l'eût regardée comme une phlegmasie des membranes muqueuses des intestins, surtout du colon et du rectum, en distinguant trois

périodes. Il a fait au moins un très-grand pas,
en consacraut son identité avec les affections
catharrales, et en réglant le mode de plusieurs complications. Il étoit réservé à ce professeur d'agrandir, sous ce rapport, le do-
maine de la médecine, et d'ajouter à un travail aussi intéressant.

Mon but, en faisant le choix d'un tel sujet, étoit de rassembler ce que tous ces auteurs ont écrit, pour en faire des rapproche-
mens, et établir, jusqu'à un certain point,
la conformité de leurs opinions. Mais comme
un tel travail eût demandé beaucoup de recherches, une plume très-exercée, et beaucoup de patience, de talent et de temps, je
me suis borné à indiquer les points de res-
semblance les plus évidens, et j'y ai joint
quelques réflexions qui me sont personnelles,
sur la dysenterie des gens de mer et des nègres.

Quelque soit le tableau qu'offre cette maladie, dans les hôpitaux et parmi le peuple,

il ne peut ressembler à celui qu'elle présente,
quand elle fait ses ravages à bord des navires, parmi les matelots et parmi les nègres
que le commerce achète sur les côtes occi-
dentales d'Afrique, pour les transporter en
Amérique. Les causes en sont nombreuses,
puissantes et permanentes, et les moyens curatifs presque nuls. Tout semble être en op-
position avec l'art. Souvent le besoin d'être
utile, se trouve à côté de l'impuissance d'agir
et celui-là est le médecin le plus heureux,
qui n'est point obligé d'user des foibles ressources qui sont à sa disposition, et auquel
une hygiène raisonnée suffit.

ESSAI

SUR

LA DYSENTERIE.

CHAPITRE PREMIER.

Définition de la dysenterie.

La dysenterie placée par *Cullen* parmi les *profluvia*, forme le dix-septième genre de sa nosologie ; elle est le dixième de la neuvième classe de *Sauvages*, et rangée par le professeur *Pinel* dans les phlegmasies des membranes muqueuses, elle fait le dix-septième genre de sa nosographie.

Elle est caractérisée par des douleurs, d'abord vives, par des efforts vains et répétés pour aller à la selle ; puis par des déjections muqueuses, quelquefois sanguinolentes, et par le ténesme.

C'est une des maladies les plus générales et

les plus dangereuses qui puissent affliger l'espèce humaine. Elle est souvent un fléau dévas-
tateur autant alarmant, autant à craindre que
les fièvres dites pestilentielles, et elle exige
beaucoup de sagacité, de raisonnement et d'expérience pour en saisir les complications, et
en arrêter la marche meurtrière. Il n'appar-
tient qu'à un médecin instruit et observateur
d'éviter des erreurs même momentanées,
dont il ne résulteroit pas seulement perte de
temps, mais encore des indications opposées,
et un danger progressif.

A peine des volumes suffiroient pour re-
cueillir et concilier ce que des auteurs célèbres, des praticiens estimés, ont dit et écrit
de contradictoire sur cette maladie. Cela vient
probablement de ce que ses causes sont très-
variées et très-nombreuses, de ce que ses
symptômes ne sont pas moins diversifiés, de
ce que ses complications et sa terminaison présentent beaucoup d'anomalies, et enfin, de ce
qu'elles ouvrages faits sur cette matière se ressentent des opinions et des systèmes du temps.

On a, dans le premier âge de la médecine,
différemment défini la dysenterie, dont le
mot signifie, par son étymologie, *un vice ou
un dérangement dans les fonctions des intes-*

tins. Hippocrate appeloit ainsi les ulcérations et les hémorragies des intestins , et même toute espèce de flux , avec ou sans sang ; ce qui n'emporte pas l'idée précise et fixe d'une maladie unique. Il paroît en effet , d'après ses traducteurs , avoir distingué plusieurs espèces de dysenteries, et n'avoir donné l'ulcération pour caractère qu'à celle qu'il disoit venir d'un amas de bile et de pituite qui , après être restées quelques temps fixées sur les intestins et sur leurs vaisseaux , y causoient des chaleurs internes considérables, rendoient les selles brûlantes, produisoient des ulcérations , et jetoient les malades dans un état désespéré , s'ils n'avoient beaucoup de forces. Les médecins qui le suivirent , nonobstant ses judicieux écrits auxquels ils voulurent prêter un sens plus littéral , regardèrent l'ulcération comme un signe caractéristique. *Galien* ne reconnoissoit la dysenterie que quand l'un ou l'autre intestin étoit ulcéré ; et longtemps après lni, on la définissoit encore *un flux de ventre sanguin, avec ulcère aux intestins. Aretœus* et *Cœlius Aurelianus* font la même erreur, et Celse n'est pas plus exact , en lui donnant le nom de *Tormina.* C'est à l'autorité de *Galien* que *Pros-*

per Alpin (1) cède , en admettant l'ulcération des intestins, et en réglant sur elle le traitement qu'il indique. *Bontius* (2) en fait aussi le premier accident de sa dysenterie vraie.

Il y a bien plusieurs points de contact entre la maladie que ces médecins nommoient dysenterie, et celle que nous connoissons sous ce nom, qui portent à croire qu'elles sont les mêmes. Cependant si l'ulcération étoit regardée par eux, comme une chose absolument nécessaire, ce seroit alors une maladie différente de la nôtre, car cette ulcération n'y est point essentielle, et y est rare. *Morgagny*, il est vrai, dit que dans la dysenterie, les intestins sont ulcérés; mais il observe ailleurs, que cela ne se voit que dans le temps le plus avancé de la maladie (3). Les ouvertures cadavériques recueillies par *Monro, Bonet, Cleghorn* et *Pringle*, prouvent que généralement les intestins sont sans ulcération. J'ai fait moi-même semblables recherches plusieurs fois, et toujours inutilement.

---

(1) Med. Egypt. cap. VIII.

(2) Med. Ind. cap. III. De Alvi Prof.

(3) De sed, et cau. morb. Epist. XXXI.

Stoll, n'ayant jamais trouvé de plaies avec suppuration dans les cadavres des dysentériques, croit aussi que les ulcérations des intes-tins provenant de la dysenterie, sont extrê-mement rares (1).

Sans pouvoir assurer que jusqu'à *Sydenham* et *Willis*, tous les médecins aient aveuglé-ment adopté l'opinion favorable aux ulcéra-tions, tout porte, au moins, à croire qu'on y a généralement renoncé de leur temps et lors-que leurs écrits où le flux dysentérique étoit considéré comme indépendant de tout ulcère, ont été connus et répandus. C'est ainsi qu'un trait de lumière échappé à un grand homme, produit dans les sciences des changemens utiles et long-temps attendus.

CHAPITRE II.

Du siége et de la nature de la dysenterie.

L'E siége de la dysenterie est dans le canal intestinal, et spécialement dans les intes-

---

(1) Rat. med. De nat. et ind. Dis.

tins colon et rectum. Les lésions de ces intestins, et la nature de ces maladies sont restées long-temps sans être déterminées d'une manière satisfaisante. Il étoit réservé à *Stoll* d'éclairér l'une, par des raprochemens heureux, et par des comparaisons ingénieuses; et au professeur *Pinel* d'indiquer, d'une manière précise et analytique, que cette maladie est une phlegmasie des membranes muqueuses des intestins. Les travaux anatomiques de Bichat confirment la doctrine de ces deux écrivains justement célèbres.

Comme *Stoll* n'avoit jamais vu arriver cette maladie, que quand on avoit eu l'imprudence de s'exposer au froid étant en sueur, et comme il avoit remarqué que les coryza, angines, et toute autre fluxion ou dérivation vers la poitrine et les membres propre à produire un catharre ou rhumatisme, précédoient ou accompagnoient les flux de ventre, il en a conclu qu'il y avoit analogie et cause commune entre ces maladies (1).

Il pense aussi que l'estomac et les intestins étant plus foibles à la fin de l'été et en automne,

---

(1) Rat. med. De nat. et ind. Dys.

à cause du froid, que dans toute autre saison,
l'humeur de la transpiration répercutée doit s'y
porter préférablement, et y occasionner un
coryza ventral, un catharre des intestins, ou un
rhumatisme de ces parties, *ventris coryzam,
aut intestinorum catharrum, aut eorumdem
rheumatismum,* qui ne diffère que par le siége
des maladies séreuses des autres temps de
l'année, et il avertit que cette maladie, né-
gligée ou traitée d'après des indications pré-
sumées et fausses, peut se convertir *en fièvre
rhumatismale des intestins, febrim intestinorum rheumaticam,* toujours longue et difficile à guérir (1). C'est ainsi que l'on voit
communément un catharre simple des bronches
prendre un caractère fébrile qu'il n'avoit pas
d'abord, à la suite d'un traitement irritant.

Selle, dans sa pyrétologie méthodique, se
demande si le catharre et la dysenterie n'ont pas
la même nature, et l'excrétion d'une matière
muqueuse qui n'est point produite par de la saburre contenue dans les premières voies, le fait
pencher pour l'opinion affirmative. *Akenside,*
dans son traité de la dysenterie, prétend que

---

(1) Rat. med. Loco cit.

dans cette maladie, les intestins sont affectés de rhumatisme.

Le citoyen *Pinel*, ai-je dit, a fixé le siége de la dysenterie dans les membranes muqueuses des intestins, et en a fait une phlegmasie de ces parties. Il y a été conduit par des considérations anatomiques et par la succession des périodes ordinaires aux affections catharrales. Pour mieux apprécier cette idée, et en faire une application méthodique, il devient indispensable de décrire rapidement ces membranes, et d'en indiquer succinctement les propriétés et les fonctions.

Les membranes muqueuses révêtent l'intérieur des narines, de la bouche, de l'arrière-bouche, de la trachée artère, des bronches, de la vessie urinaire, de l'urètre, du vagin, de l'uterus etc. et occupent le dedans des cavités qui communiquent avec la peau, par les diverses ouvertures que cette enveloppe présente à la surface du corps. Elles ont, quelques soient leur position et leurs variétés, des propriétés communes qui tiennent indubitablement à l'analogie de leur nature et de leurs fonctions. Le tissu en est lâche et spongieux et la surface extérieure comme veloutée et parsemée de petites ouvertures en formes de

(9)

papilles et d'un grand nombre de follicules
glanduleux qui versent sans cesse dans l'état
de santé un fluide gluant et transparent qui
les lubréfie et sert à les protéger contre des
impressions nuisibles; telle est l'origine des
mucosités des narines, de l'arrière-bouche, de
l'estomac, des intestins, de la vessie et de ces
excrétions dont quelques-unes devenues copieuses et chroniques sont appelées vul-
gairement des affections pituiteuses ou catharrales. (1)

Ces surfaces muqueuses ont aussi des caractères d'analogie et de structure très-pro-
noncés avec les surfaces cutanées. C'est surtout à l'analogie de sensibilité qu'il faut rap-
porter une foule de phénomènes qui se dé-
ploient alternativement et dans un ordre in-
verse sur l'une ou l'autre surface. Pendant
l'hiver et dans les pays froids où les fonctions
de la peau sont bornées, celles des membranes
muqueuses s'agrandissent en proportion; de-là
une exhalation pulmonaire plus marquée, des
sécrétions plus abondantes, un appétit plus vif,
une digestion plus active et plus prompte; l'in-
verse se remarque quand, la chaleur du climat

____

(1) Noso. Phis. Tom. 1.

et de là saison relâche la surface cutanée. On diroit qu'alors, il y a resserrement de la surface muqueuse. (1)

La force et la vérité de ces assertions se tirent de la suppression subite des fonctions de l'organe cutané qui détermine bientôt un état maladif dans celles de l'organe muqueux. L'air froid qui arrête la transpiration ne produit-il pas fréquemment des catharres etc. espèce d'affection que caractérise l'augmentation de sensibilité et d'action des membranes muqueuses? n'a-t-on pas vu dans ce cas les bains qui relâchent la peau, produire les plus heureux effets ?

Quelle conformité d'idées entre ces résultats anatomiques et les opinions du médecin de Vienne! ce n'est qu'après avoir constaté l'identité des affections catharrales, rhumastismales et dysentériques, qu'il a compris, dit-il, quelles étoient ces dysenteries que les auteurs disent avoir guéries uniquement avec de l'eau chaude, du thé léger et autres délayans aussi simples , et qu'il a pensé que celles qu'ils assurent avoir traitées aussi heureusement et sans récidive avec l'infusion de fleurs de sureau, l'antimoine

____

(1) Bichat, traité des membranes.

diaphorétique non lavé, l'opium, de légers carminatifs, des bains tièdes, des fomentations sur les cuisses et sur l'abdomen et tout autre moyen analogue étoient d'un caractère catharral. Enfin il ne lui paroît plus étonnant qu'un vésicatoire ait été utile et il renvoye pour le succès à ce qu'il a déjà dit (1). En effet le vésicatoire attire vers la peau l'humeur qui s'est portée sur les intestins, excite des sueurs abondantes et resserre le ventre. (2)

Au reste quoique dans le temps où vivoit *Hippocrate*, l'anatomie du corps humain fût peu connue, ce père de la médecine n'ignoroit cependant pas la correspondance de l'organe cutané avec les intestins, comme le prouve son traité de *aëre, aquis et locis* et depuis lui on a observé que, dans les maladies les plus graves des intestins, le rétablissement des fonctions de la peau a souvent arraché à la mort

____

(1) Rat. med. De nat. et ind. Dys.

(2) C'est aussi au moyen de cette doctrine anatomique et physiologique, que les médecins qui ont écrit sur la lithotomie, ont expliqué pourquoi le nombre des caculeux est plus considérable dans les pays septentrionaux que dans les contrées méridionales.

des victimes qui lui sembloient dévouées. *Cutis densa, alvus laxa et vice versa.*

CHAPITRE III.

Des causes de la dysenterie.

La dysenterie se borne rarement à un ou à quelques individus. Elle règne là où sont de nombreux rassemblemens, est commune dans les camps, dans les hôpitaux et dans les prisons et trouve des causes productrices de tout genre à bord des vaisseaux. Elle a réduit plus d'une fois des armées déjà victorieuses à l'impuissance d'agir, elle n'épargne même pas le soldat dans ses quartiers et fait quelquefois parmi le peuple des ravages effrayans. Dans ce dernier cas, ce sont les femmes, les enfans et les hommes chez lesquels prédomine le système lymphatique qui en sont particulièrement attaqués et les pauvres qui en sont les premiers atteints. Comme ces derniers fixent leur domicile dans des quartiers malsains, dans des rues étroites, sales et mal aérées, c'est là qu'elles les maltraite avec d'autant plus de rigueur que leur dénuement est plus grand.

On la remarque fréquemment dans les pays bas et marécageux, et pendant les saisons chaudes et pluvieuses, surtout quand des nuits très-fraîches succèdent à des jours excessivement chauds. Il n'y a guères d'années qu'elle ne paroisse en Hollande. Elle règne souvent dans quelques cantons de la Suisse. On la voit presque toujours à Batavia, possession hollandoise dans l'île de Java, entrecoupée de canaux et de fossés, dont les eaux stagnantes rendent l'air très-malsain, et communément dans les parties basses de St.-Domingue, dans la Guyanne française, en Egypte, et sur les côtes de Guinée, pays plat, assez bas, privé de pluies pendant sept à huit mois. L'action puissante du soleil qui, deux fois l'année y est vertical, durcit tellement la terre, qu'elle retient les vapeurs, et ne les abandonne que dans la saison pluvieuse, qui est celle des exhalaisons, et l'époque des maladies parmi les marins et les nègres embarqués. (1) J'ai vu alors les premiers atteints de fièvres

---

(1) Lind mal. des Européens dans les pays chauds.

intermittentes et rémittentes ataxiques, et les autres de dysenteries.

Causes prédisposantes. La chaleur et l'humidité sont généralement considérées comme les causes prédisposantes principales de la dysenterie. C'est l'opinion de *Pringle*, qui accuse cette température d'exposer le soldat à une suppression de transpiration, à laquelle il peut d'autant moins échapper, qu'il est obligé de camper et de remplir ses devoirs, quelque temps qu'il fasse En effet, cette maladie se manifestant ordinairement à la fin de l'été ou en automne, comment ces hommes exposés à l'humidité et aux brouillards de la nuit, couchant sur une terre humide, ou conservant des vêtemens mouillés, pourroient-ils y échapper ?

L'histoire médicale de l'armée d'Orient par le professeur *Desgenettes*, attribue également à la chaleur et à l'humidité, une dysenterie qui régna en fructidor an 6, dans la plupart des corps armés. « La division » qui a fourni le plus de malades, y est-il » dit, est celle qui, sous les ordres du gé- » néral Dugua, étoit aux environs de Mas- » sourah ; laquelle a beaucoup souffert des

» intempéries de l'air et de la saison. Elle a
» poursuivi l'ennemi jusqu'à l'entrée du dé-
» sert, et dans les marches forcées qu'elle a
» faites sur un sol brûlant, elle a souvent
» manqué des choses nécessaires à la vie ;
» obligée ensuite de revenir sur ses pas, et
» de traverser des lieux déjà inondés par
» le Nil, elle a été exposée fréquemment à
» l'action de la chaleur et de l'humidité. Les
» militaires qui furent bientôt casernés, se
» ressentirent peu de la maladie régnante.
« Elle n'attaqua guère que ceux qui s'ex-
» posèrent, sans précaution, à l'humidité
» pendant la nuit, ou à d'autres causes capa-
» bles de supprimer la transpiration. »

La plupart des épidémies dysentériques
populaires, dont *Zimmermann* rend compte,
ont été occasionnées par des températures
analogues. Le temps étoit le plus souvent et
presque toujours humide, et quand le soleil
paroissoit, la chaleur étoit étouffante. Il ne
les attribue pas directement au froid qui succède à la chaleur et continue, mais plutôt
à l'alternative du froid et de la chaleur.
« C'est, dit-il, à l'air froid du matin avant
» le lever du soleil, à la chaleur ardente qui
» le suit au milieu du jour, et au froid et à

» la fraîcheur qui succèdent au retour de la
» nuit, que l'on doit, en Hongrie, les dy-
» senteries qui y sont plus fréquentes et plus
» dangereuses qu'ailleurs. » (1)

L'influence d'une température chaude et humide, et de l'action alternative du froid et de
la chaleur, ne sont pas moins remarquables
chez les marins et chez les noirs que l'on
transporte d'Afrique en Amérique, que dans
les armées, et parmi le peuple.

Les gens de mer, cette classe précieuse
qui fait une partie de la force nationale agis-
sante, et qui se fie avec intrépidité à un élé-
ment inconstant et dangereux, pour aller
d'un pôle à l'autre étendre nos relations com-
merciales, sont exposés à toutes les maladies
connues, et en sont souvent maltraités d'une
manière insolite. En effet, que l'on joigne aux
variations successives et fréquentes de l'atmosphère, aux effets d'une température tantôt froide, tantôt chaude, et souvent humide
et à l'influence du passage rapide d'un climat
dans un autre, l'air plus ou moins altéré
qu'ils respirent dans les entreponts, la mau-

____

(1) Zimm. Traité de la Dys.

des

vaise qualité de leurs alimens et l'insalubrité
des lieux qu'ils parcourent, et l'on trouvera
rassemblées dans un cadre étroit, les causes
des maladies qui les attaquent le plus ordinairement, comme les fièvres gastriques, adynamiques, ataxiques, le scorbut, les affections rhumatismales, et les flux de ventre.

Rouppe et *Poissonnier*, dans leurs ouvrages sur les gens de mer, regardent
les suppressions de transpiration, comme la
cause principale de la dysenterie. Il est
vrai qu'ils ne la considèrent que dans cet
état de simplicité dont parle *Stoll*, quand il
la dés igne comme une affection catharrale des
intestins.

Ces hommes imprévoyans, qui sacrifient
tout au présent, et dont l'âme habituellement
pliée à des situations forcées, mais instan-
tanées, ne peut calculer les chances lentes
d'un événement douteux ou inaccoutumé, ont
à redouter, avec les dangers que je viens de
tracer rapidement, les résultats de leur propre
insouciance. Il n'est pas rare de les voir sortir des entreponts, couverts de sueur et à demi-
nus et braver, en cet état, toutes les intempéries de l'air, ou y descendre avec leurs

vêtemens humides, pour chercher un sommeil dont ils croiroient perdre une partie, s'ils s'occupoient à en changer.

Les navires du commerce, qui transportent des noirs de la côte occidentale d'Afrique en Amérique, terminent rarement leurs voyages sans qu'il ne se soit manifesté à bord des épidémies dysentériques. La nudité entière de ces infortunés qu'on arrache à leur patrie et à leurs familles, pour les porter sur un sol étranger, leur exposition pendant le jour à l'action immédiate de l'atmosphère qui, sous l'équateur, est froide le matin et le soir, surtout aux époques solsticiales, l'air insalubre qu'ils respirent pendant la nuit dans les entreponts, souvent insuffisant à cause du nombre, et bientôt corrompu par la respiration et l'exhalation cutanée des uns et des autres, par les vapeurs de la cale, et par les émanations fétides de leurs excrétions, leur nourriture invariablement composée de ris et de fèves torréfiées, susceptible d'affoiblir leurs organes digestifs, de donner un mauvais chyle, et de produire une assimilation imparfaite, enfin, leurs affections morales, qui ont toutes un caractère débilitant, sont les causes communes de leurs maladies , dont la dysenterie est la plus fréquente et la plus dangereuse.

La chaleur est quelquefois si grande dans les entreponts et l'air tellement dépourvu de parties essentiellement respirables, que je les ai vus plusieurs fois réclamer à grands cris l'ouverture des écoutilles , en se plaignant d'accidens qui n'eussent pas tardé à leur être funestes, si on n'eut pas eu bientôt égard à leurs demandes. Un tel inconvénient, inséparable d'un grand rassemblement d'individus dans un es‑ pace trop resserré , rappelle l'histoire malheu‑ reuse de cent-quarante-cinq soldats anglais détenus dans un cachot trop étroit chez un prince de l'Asie, dont la majeure partie périt en peu de tems. (1)

J'ai remarqué à ce sujet à bord d'un navire tellement encombré par le résultat d'une traite très-avantageuse, qu'on étoit embarrassé du nombre des noirs embarqués, que les derniers venus furent plus promptement atteints de maladies que les autres. Plusieurs de ceux-là périrent en peu de jours de fièvres adynamiques

---

(1) Hist. phis. et polit. de Raynal.

avec hémorragies passives , tandis que ceux qui s'étoient graduellement habitués à l'air insalubre des entreponts, conservèrent leur santé. Ce qui prouve que le pouvoir de l'habitude peut affoiblir les dangers de la contagion.

Causes excitantes. — On regarde , en général, comme causes excitantes de la dysenterie , la dégénérescence de la bile et sa trop grande quantité , l'usage immodéré des fruits, les purgatifs drastiques, les substances vénéneuses, les affections morales, les vers, les alimens de mauvaise qualité , le régime animal exclusif, les eaux corrompues et pleines d'insectes, le cidre nouveau , et mal fermenté, la répercussion d'une humeur arthritique, d'un virus variolique, morbilleux, dartreux, galeux, etc.... des crudités contenues dans les intestins, une acrimonie acide qui y domine, enfindes miasmes contagieux.

Degner pense que la bile échauffée par la colère, les grandes chaleurs de l'atmosphère, et toute autre cause excitante peut prendre un caractère corrosif, et agir sur le corps comme un poison très-actif. Selon lui cette acrimonie bilieuse qui fait naître des accidens dysentéri-

ques très-graves, et qui, au commencement
de la maladie, a son siége dans les premières
voies, se porte bientôt ailleurs, altère les
humeurs et produit furoncles, pustules, taches et autres exhantêmes que l'on remarque
chez quelques dysentériques. *Zimmermann*
a aussi distingué une dysenterie accompagnée d'une fièvre putride ou bilieuse; mais il
est loin de faire jouer un pareil rôle à la bile.
Stoll, qui accorde à cette humeur une exces-
sive mobilité, la croit susceptible de compliquer la dysenterie simple, de la même
manière qu'elle complique des ophtalmies, des
rhumatismes, etc. D'où il résulte une maladie
formée, selon lui, de deux élémens, et offrant
deux indications. C'est sous ce rapport que
nous la considérerons en parlant des différences.

L'apparition de diverses épidémies dysentériques a été le plus souvent attribuée aux
fruits, parce qu'elles se manifestoient à l'époque
de leur maturité et dans des années où ils etoient
abondans. Quelques médecins ont accrédité
cette opinion populaire, qui a été victorieu-
sement combattue par *Tissot*: ses écrits con-
tiennent une infinité de cas où les fruits
ont été employés avec succès, tant comme
moyens curatifs que comme moyens pré-

servatifs. Le seul mal qu'ils pourraient causer, dans ce dernier cas, dit-il, seroit de produire, en fondant la bile dont ils sont le vrai dissolvant, une diarrhée salutaire. C'est là probablement l'origine de l'opinion accréditée parmi le peuple qui ne peut concevoir comment un flux de ventre doit lui conserver la santé.

Zimmermann, Degner, Roussel, Monro, Pringle et *Stoll* citent aussi des observations qui prouvent que les fruits sont plus salutaires que nuisibles. C'est en effet une faute d'autant plus grande de considérer les fruits d'été et d'automne comme cause de la dysenterie, que, dans plusieurs épidémies, ceux qui en mangèrent même inconsidérément en furent exempts, ou foiblement atteints. Un passage d'*Alexandre de Tralles* indique que, dans tous les temps, on a eu recours aux fruits pour guérir cette maladie. D'ailleurs combien de fois n'a-t-on pas vu des années fertiles en fruits s'écouler sans dysenterie et d'autres années remarquables par ses ravages, quoiqu'ils eussent manqué ; elle s'est aussi quelquefois manifestée avant eux et ne s'est pas arrêtée, lorsque la saison n'en offroit plus.

Les médecins qui ont pratiqué dans les pays chauds, et les voyageurs qui les ont parcourus ont noté dans leurs ouvrages les fruits comme causes de la dysenterie. J'ai été à portée d'observer le contraire parmi les naturels et les anciens habitans que je distingue essentiellement des personnes nouvellement débarquées, et des marins qui, fatigués d'alimens âcres et salés, se jettent avec avidité, et indistinctement sur tous les fruits qu'ils trouvent, sans s'inquiéter de leur maturité. Il y a au moins de l'exagération dans ce que quelques auteurs disent de l'action corrodante de l'ananas, qu'ils présentent comme capable de rendre, en peu d'heures, une lame de couteau cassante comme le verre.

Les fruits ne peuvent néanmoins être mangés inconsidérément ou en trop grande quantité. Le choix en est utile, et la maturité indispensable. Ils ne conviendroient pas tous dans la convalescence d'une dysenterie compliquée, et selon *Zimmermann*, leur usage abusif est dangereux dans les pays humides et marécageux, où tout ce qui rafraîchit, affoiblit les organes digestifs, et retarde l'excrétion cutanée.

Si, comme *Stoll* le prétend, la véritable dysenterie doit être rangée parmi les maladies qui resserrent le ventre au milieu d'efforts continuels, mais inutiles, pour aller à la selle, et que souvent la diarrhée elle-même guérit la dysenterie, on concevra difficilement, que des substances irritantes comme les purgatifs drastiques, les poisons, les crudités, et une acrimonie acide dominante, qui agissent sur le canal intestinal, produisent des selles fréquentes, et des évacuations copieuses, puissent donner une vraie dysenterie, dans laquelle les déjections, quoique fréquentes, sont généralement en si petite quantité, qu'elles semblent uniquement fournies par le rectum. Ce sont donc les accidens secondaires de ces agens irritans, qui peuvent présenter le caractère prononcé de la dysenterie, lesquels se réduisent alors aux tranchées, au ténesme, aux déjections fréquentes, muqueuses et sanguinolentes, plus ou moins difficiles.

Cullen, qui admet ce raisonnement, et l'oppose à l'action prétendue dysentérique des matières âcres introduites ou engendrées dans les intestins, pense que la cause prochaine, ou au moins la partie principale de cette cause, consiste dans une constriction extraordinaire du colon, qui donne lieu à ces efforts spasmodiques qu'on aperçoit pendant les tranchées, et qui se propageant jusqu'au rectum, occasionnent le ténesme et les selles muqueuses.

Les vers, qui seuls peuvent produire les accidens les plus graves, et susciter des phénomènes totalement étrangers à la dysenterie, se rencontrent si fréquemment dans cette maladie, qu'on en a fait une des causes capables de la produire. Il est pourtant plus probable, qu'ils existoient avant elle, et que leur sortie, d'autant plus heureuse, que ces insectes parasytes peuvent former une complication fâcheuse, dépend de l'état et de l'action du canal intestinal.

Pringle avertit de ne pas les regarder comme la cause de cette maladie, mais bien comme le signe du mauvais état des intestins, de l'affoiblissement de leur ton, de la diminution des sécrétions naturelles, et de la dépravation des alimens, antérieurement à la dysenterie. Le traducteur de *Zimmermann* observe même que les vers ne rendent pas la maladie plus mauvaise, et qu'ils ne sortent que, parce qu'elle est réellement telle.

Des miasmes contagieux, qui consistent probablement dans des corpuscules d'une ténuité qui les dérobe aux recherches microscopiques, et qu'on ne connoît que par leurs effets plus ou moins nuisibles sur notre économie, peuvent-ils s'élever d'un corps atteint de la dysenterie ou de ses déjections, ou de ses vêtemens, et porter le germe de cette maladie à un autre individu ? *Degner* pense que le caractère contagieux est la principale occasion de la maladie (1). *Strack*, se range à cet avis, d'une manière presque exclusive (1). *Pringle*, en citant des faits qui tendent à prouver que, dans les camps, elle a passé d'un soldat à son camarade de tente, d'une tente dans une autre, et que, dans les hôpitaux, elle s'est communiquée à toutes les personnes qui en faisoient le service, dit cependant, que ce mal n'est pas aussi contagieux que plusieurs autres maladies. Dans les cas où il lui parut tel, il s'y étoit joint une fièvre des prisons, causée par la corruption animale, et par une trop grande quantité de personnes resserrées dans un même endroit. Ces deux maladies combinées occasionnèrent une grande mortalité, au lieu que les personnes atteintes de la dysenterie seule, quoique dépourvues des commodités dont on

---

(1) De dys. bil. contag.
(2) Tentam. de dysent.

jouit dans les hôpitaux, furent exemptes de la fièvre de complication, et guérirent sans sortir du camp (1).

Dans le compte séparé, que rendent *Sydenham et Willis*, d'une dysenterie qui avoit régné à Londres, le premier ne dit point qu'elle fut contagieuse, et le second dit expressément qu'elle ne l'étoit pas. *Zimmermann* ne décide pas cette question de manière à lui reconnoître une opinion faite. Après avoir dit qu'une même dysenterie peut être contagieuse ou non, selon des circonstances particulières, et que cette maladie peut prendre un caractère pestilentiel, et devenir conséquemment plus susceptible de se communiquer, comme cela arrive dans les hôpitaux malpropres, et trop remplis, dans les armées, les camps, etc.... il convient que dans les hôpitaux encombrés de dysentériques, ceux qui soignent les malades, peuvent être atteints de fièvres malignes, et conclut, tant des observations tirées de sa pratique, que de celles d'autres médecins, que le caractère contagieux de la dysenterie, est très-souvent acci-

____

(1) Mal. des armées.

dentel. Il rejette l'opinion de *Degner*, et dit qu'il ne peut être de son avis (1).

Stoll, en rappelant que peu de personnes révoquent en doute que la dysenterie peut, par communication, passer d'un individu à un autre, s'étonne de n'en avoir point été atteint depuis tant d'années, ainsi que ses aides et les gardes-malades; il examinoit cependant les déjections de la nuit précédente, et étoit forcé de recevoir, *totis naribus*, les exhalaisons les plus fétides. Il n'ignore pas, dit-il, que les déjections dysentériques peuvent provoquer des fièvres d'hôpitaux, mais il croit contraire à l'observation que les émanations des dysentériques puissent produire une maladie semblable chez des personnes saines. « S'il m'est permis d'en appeler à mon expérience, je dois déclarer que mon opinion est conforme à celle du médecin de Vienne. J'ai suivi plusieurs épidémies dysentériques, tant dans les hôpitaux de la marine, qu'à bord des navires de l'État et du commerce et je n'ai jamais reconnu que cette maladie se soit communiquée par contagion, tant qu'elle a pu être considérée comme simple. Elle étoit produite à

____

(1) Traité de la dysent.

bord, parmi les marins, par l'état de l'atmosphère, par leur insouciance, leur dénûment,
leur mauvais régime et leurs fatigues, et elle
cessa chaque fois qu'il y eut cessation de ces
causes. Plusieurs nègres en étoient ordinairement atteints le même jour, ou dans un in-
tervalle très-court et un temps souvent très-
long s'écouloit, avant que d'autres en fussent
attaqués. Tous ceux qui furent chargés de les
soigner, en furent toujours exempts. Il régna,
une fois en même temps, une fièvre adynamique, que plusieurs gagnèrent sans avoir la
dysenterie.

J'admets donc avec les auteurs d'un Essai sur la contagion, présenté et soutenu
comme thèse à l'école de médecine de Paris,
que la dysenterie n'est point essentiellement
contagieuse comme maladie spécifique et par
la volatilisation des matières fécales dysentériques ; qu'elle ne le devient qu'acciden-
tellement et dans les mêmes circonstances qui
donnent lieu à la fièvre d'hôpital ; que lorsque la dysenterie se combine avec cette fièvre,
elle ne devient pas contagieuse comme dysenterie, mais comme fièvre maligne, soit
par contact, soit par inhalation, soit par
l'attouchement des hardes du malade, et qu'en-

fin la maladie n'est produite dans ces cas-là comme dysenterie , que parce le sujet sain qui habite le foyer , y est prédisposé.

L'influence des températures , ayant été rangée parmi les causes prédisposantes , et les limites de la contagion étant tracées , il ne me reste rien à dire sur l'insalubrité de l'air.

Les alimens de mauvaise qualité , dont l'homme indigent est forcé de se contenter , et qui sont fréquemment l'unique nourriture du soldat et du matelot , et un régime animal exclusif , ne produisent pas assez généralement la dysenterie , pour être regardées comme des causes indispensablement efficientes. Les organes digestifs s'affoiblissent , il est vrai , les sécrétions s'altèrent , les forces vitales s'épuisent , et des maladies asthéniques de tout genre peuvent survenir ; mais la dysenterie n'en est pas un résultat nécessaire, à moins qu'il ne s'y joigne un agent auxiliaire capable de la provoquer , et d'en déterminer l'intensité.

Rien n'est mieux prouvé , en médecine , que l'existence et le danger des métastases ; mais rien n'est aussi obscur que leur théorie. Un changement plus ou moins prompt dans le mode de sensibilité des parties, est tout ce que l'observation nous offre. Les virus variolique, morbilleux, dartreux, galleux, etc. ont souvent suscité par leur répercussion des dysenteries et des dévoiemens colliquatifs. L'analogie de structure et de fonctions des deux surfaces, tour à tour siège de ces maladies, rappelle ce que nous avons dit sur les membranes muqueuses, et la rougeole, considérée par le professeur *Pinel*, comme une phlegmasie cutanée, fortifie l'identité de la dysenterie et du catharre, par les symptômes qui l'accompagnent, et sa facilité à se porter sur le canal intestinal.

Je ne m'étendrai pas sur les effets des passions; leur influence est puissante et connue. On dit qu'un emportement de colère, peu de temps après le repas, a occasionné une dysenterie, et que plus d'une fois la peur a donné à cette maladie un caractère apparent de contagion.

Il reste encore à décider, après tous ces développemens, quelles sont les causes excitantes de la dysenterie. Seroit-ce la disposition du sang à la putréfaction, dont parle *Pringle*, et dont il accuse une exposition continuelle au soleil dans la saison la plus chaude? « On peut » remarquer, ajoute-t-il, que cette mala-

» die, toutes choses d'ailleurs égales, se fait
» sentir aux personnes d'un tempérament scor-
» butique, c'est-à-dire putride, ou au bas
» peuple qui, à cause de l'air mal sain, de la
» mauvaise nourriture, et de la malpropreté,
» se trouve très-sujet aux maladies putrides. »

Cet auteur, prévenu d'abord pour ce fer-
ment putride, d'après une dysenterie occa-
sionnée, par du sang humain long-temps renfermé dans une phiole bouchée, à celui qui
s'en servoit pour des expériences, suspend
bientôt toute hypothèse, en réfléchissant sur
la lecture d'une dissertation de *Linnæus*,
favorable au système de *Kircher* sur la contagion de cette maladie, au moyen d'animal-
cules (1).

La difficulté d'indiquer des causes excitantes
sur lesquelles on ne puisse élever de doutes,
et de désigner des sources matérielles d'irritation dont rien ne démontre la présence dans le
corps, donne plus de prix aux causes prédisposantes, et appelle l'attention sur la combi-
naison des unes et des autres, et sur les effets
qui peuvent en résulter pour l'économie animale.

-----

(1) Amænit. Acad. vol. V.

CHAPITRE IV.

Des différences et des symptômes de la dysenterie.

Les divisions dans les sciences sont nécessaires ; elles facilitent la mémoire et peuvent éclairer en médecine l'étude et le traitement des maladies ; mais elles doivent y être rares et dictées par la nature, car si elles étaient le résultat de distinctions purement systématiques, il y auroit multiplicité de noms, confusion pour la mémoire et embrouillement pour la pratique.

Il n'est personne qui dans la science médicale ait porté les distinctions scholastiques aussi loin que *Sauvages*, dont le vaste génie, pressé de créer, a tant multiplié les noms des maladies, sans en avoir heureusement augmenté le nombre. Sa nosologie offre dix-neuf espèces de dysenterie, dont la plupart sont les mêmes, dont quelques-unes ne sont point distinctes de la diarrhée, et dont d'autres sont le symptôme d'une maladie différente.

Plusieurs auteurs ont multiplié , comme *Sauvages* , les différences de la dysenterie, en prenant pour bases, soit ses accidens , soit les caractères extérieurs et la nature des déjections , soit la présence ou l'absence de la fièvre , soit enfin la faculté qu'ils lui prêtoient de se transmettre ; d'autres n'en reconnoissent que deux espèces , dont le cercle s'étend de la bénignité à la malignité. *Stoll* l'a distinguée dans un état particulier de simplicité et en a indiqué quelques complications et la chronicité. *Zimmermann* , qui ne confond point les dysenteries symptômatiques avec les essentielles, reconnoît une dysenterie ordinaire accompagnée d'une fièvre inflammatoire , une autre plus commune accompagnée d'une fièvre bilieuse ou putride, une troisième associée à une fièvre maligne , et une quatrième qui tire en longueur. C'est à ce sujet que le professeur *Pinel* dit « que cet auteur a décrit » la dysenterie avec un esprit philosophique, » et l'a dégagée de tous les préjugés , soit d'un » aveugle empirisme , soit d'une théorie erronée » (1).

---

(1) Nosog. phil.

Ce professeur, dont la doctrine se rappro-
che de celle du médecin allemand et de celle
du médecin suisse, dit que la dysenterie peut
être observée simpl ou compliquée des fièvres qui forment la première classe de sa
nosographie, devenir inflammatoire, quand
les symptômes inflammatoires dominent, être
avec fièvre gastrique, avec fièvre adynamique, et enfin mériter par ses accidens nerveux
la dénomination de dysenterie maligne, ou
ataxique. Comme cette division me paroît la
plus naturelle, la plus conforme à l'observa-
vation, je vais m'attacher à tracer les caractères de chacune et à en déduire le traitement.
J'y ferai succéder la dysenterie lente, ou
chronique, dont l'existence est généralement
reconnue et la guérison très - difficile.

Symptômes de la dysenterie simple. — La
dysenterie simple, que *Stoll* nomme *coryza
ventral* ou *catharre des intestins*, dont la
cause matérielle est, selon lui, une augmentation d'action dans les intestins produite par
le transport de l'humeur transpiratoire, et
dont le siége immédiat est, *selon le citoyen
Pinel*, dans la membrane muqueuse de ces

parties est rarement observée. Ce professeur ,
qui l'a vue régner épidémiquement à Bicêtre
dans l'été de l'an 3e. de la république, en a
tracé les symptômes dans l'ordre de ses périodes. Je les rappellerai dans cet Essai , ne
pouvant pas trouver de caractères plus vrais
que ceux qu'il a lui-même reconnus (1).

Première période. Sorte de commotion dans
» l'arcade du colon, comme s'il s'en étoit détaché
» une matière portée ensuite dans le canal intesti-
» nal , fièvre peu sensible , langue couverte d'un
» enduit blanchâtre ou jaunâtre, dégoût pour les
» alimens , constipation opiniâtre , d'autres fois
» diarrhée pendant un ou deux jours , et en-
» suite vaine et fréquente envie d'aller à la
» selle, tranchées , resserement extrême du rec-
» tum , avec le sentiment d'une chaleur âcre et
» mordicante dans cette partie.

Seconde période. « Qui commence du 7e au
» 10e jour ; déjections liquides plus ou moins
» troubles , semblables à de la lavure de
» viande, avec quelques mucosités entremêlées;

____

(1) Nosog. phil. tom. 1.

» d'autrefois les malades ne rendoient qu'avec
» des efforts extrêmes, des glaires ou mu-
» cosités avec des stries de sang, point de
» tension du ventre ni de douleur au contact,
» à moins de quelque imprudence ou d'une
» complication vermineuse. Malgré l'absence
» des douleurs à l'abdomen pendant le toucher,
» les malades éprouvoient un sentiment de
» constriction dans le trajet du colon qu'ils
» rendoient en le comparant à une espèce de
» barre. Dans cette seconde époque, la matière
» des déjections étoit plus abondante, plus
» glaireuse et plus consistante autant par la
» marche naturelle de la maladie que par le
» régime. On sent bien que cette marche étoit
» moins régulière quand la dysenterie succé-
» doit à d'autres maladies graves, ou lorsque
» les progrès de l'âge ou une vie intempé-
» rante avoient détérioré la constitution.

Troisième période. « Distinguée par une
» cessation ou au moins une grande dimi-
» nution des douleurs, une plus grande
» liberté du ventre ou plutôt le change-
» ment de la dysenterie en une diarrhée sim-
» ple, avec quelques retours vagues de tran-

» chées ; les déjections devenues plus con-
» sistantes ont amené par degrés la solution
» entière de la maladie et le retour à l'état na-
» turel. Si le malade étoit d'une constitution
» saine et avoit fait un long usage de boissons
» mucilagineuses légèrement aci lulées, la gué-
» rison avoit lieu du vingt au vingt-cinquième
» jour de la maladie ; mais s'il étoit affoibli par
» l'âge, l'intempérance, ou quelque maladie
» antérieure, il succédoit quelquefois un dé-
» voyement colliquatif avec tranchées, flux de
» sang, soif et sécheresse de la langue, cha-
» leur âcre et mordicante au rectum et une
» mort plus ou moins éloignée.

Les observations particulières que j'ai été à
portée de faire sur cette maladie m'autorisent
à comparer celle dont je viens de désigner les
trois périodes à une dysenterie que j'ai vue
régner en Afrique et à laquelle j'avois attaché
la dénomination de séreuse ou bénigne. Elle
se manifestoit de tems en tems à bord et atta-
quoit chaque fois plusieurs nègres qui se plaignoient d'abord de coliques vives, d'efforts inutiles pour aller à la selle et de douleurs souvent
violentes dans la direction des trois parties du
colon dont ont suivoit facilement sur leur

corps nud les constractions et une sorte de
mouvement vermiculaire. Ils étoient plus sen-
sibles qu'à l'ordinaire à la température de l'atmosphère ; leur pouls étoit petit, la peau sèche
avec augmentation de chaleur , le ventre un
peu douloureux au toucher et l'appétit nul ;
le rectum étoit sensible et resserré de manière
à ne pouvoir donner de lavemens. Quand ces
accidens avoient duré quelques jours, les déjections devenoient peu à peu plus abondantes,
restoient ordinairement muqueuses et étoient
mélées d'une grande quantité de vers. Dès lors
le ventre cessoit d'être douloureux , la peau
devenoit plus souple , l'appétit renaissoit, le
pouls s'élevoit et la marche graduelle de la
maladie amenoit une convalescence souvent plus longue et plus laborieuse que la dysenterie. Plus d'une fois il y eut des rechûtes
et presque toujours elles furent grâves.

La dysenteric avec fièvre inflammatoire
peut appartenir à une constitution dominaute
ou dépendre de la saison, de l'idiosincrasie ,
de l'âge, du sexe et du climat; elle se montre
dans les tems secs et froids, dans les lieux élevés
et attaque spécialement les tempéramens pletho-

..ques, les jeunes gens et les adultes, ceux qui ont éprouvé la suppression d'un écoulement sanguin habituel, qui ont passé brusquement d'une vie laborieuse à une vie sédentaire, qui commettent des excès dans leur régime, et abusent surtout des liqueurs spiritueuses, et ceux enfin, qui se livrent à des emportemens de colère. Les remèdes échauffans, astringens, narcotiques peuvent donner ce caractère à la dysenterie simple, elle est heureusement peu commune, et si elle est la plus douloureuse, son issue est en récompense, très-prompte et presque toujours heureuse. Il ne faut pas la chercher dans les camps, les prisons et sur les vaisseaux : une foule de causes déjà énumérées empêche qu'elle ne s'y manifeste.

Son invasion a souvent lieu sans signes précurseurs : à un sentiment de froid plus ou moins fort, succède une chaleur continue ; le pouls, d'abord fort dûr et accéléré, offre bientôt une dépression relative à la violence des douleurs de ventre, et aux envies fréquentes et vaines d'aller à la selle ; le visage est rouge et animé, les yeux brillans, et en apparence, plus extérieurs ; la langue blanchâtre ou rouge, humectée dans le principe, et si la maladie se prolonge, enflammée et noire à son origine et dans un degré encore plus avancé avec une inflammation telle depuis le gosier jusqu'à l'anus que les malades s'imaginent brûler intérieurement. Il y a soif ardente, céphalalgie, sentiment de lassitude, insomnie, rêves effrayans, urines rares et fortement colorées, tension et douleurs vives et continuelles de tout l'abdomen augmentées par le toucher et tous efforts pour respirer et aller à la selle. Les déjections sont petites, glaireuses et sanguinolentes, mêlées d'excrémens durcis, et l'anus est douloureux et resserré. La plus longue durée de la fièvre est de sept à quatorze jours. Aussi-tôt qu'elle diminue, les accidens cessent proportionnellement ; les selles deviennent plus faciles et plus abondantes et la terminaison heureuse de la maladie est accélérée par des sueurs et des urines chargées ou hypostatiques.

Mais cette dysenterie inflammatoire, n'a pas toujours une issue aussi favorable. *Zimmermann* dit, que dans celle qui se manifesta en Lorraine, dans le village de Viterne, en 1734, la plupart de ceux qui en furent atteints, moururent très-promptement. La rémission subite de la douleur qui étoit extrême, l'intermittence du pouls, le froid des extrémités, une indifférence marquée, un délire doux, taciturne, des déjections féti-des, cendrées et involontaires, sont les signes d'une gangrène qui est bientôt suivie de la mort.

Symptômes de la dysenterie gastrique. — La dysenterie gastrique se manifeste le plus communément au milieu de l'été et au commencement de l'automne. Elle est le résultat de la fièvre dominante, d'un air insalubre, d'une mauvaise nourriture, d'un travail excessif à l'ardeur du soleil, d'emportemens de colère, de l'abus des spiritueux, etc... et attaque spécialement les sujets d'un tempérament bilieux. On la voit parmi le peuple, dans les armées et sur les vaisseaux : rarement, dans ces deux derniers cas, elle conserve son caractère primitif. Plus souvent les phénomènes adynamyques s'y mettent, et il survient un appareil d'accidens alarmans.

Elle s'annonce, tantôt par un froid universel fort long, tantôt par un simple frissonnement, et quelquefois par une alternative d'horripilation et de chaleur, par la céphalagie et la sensation d'une forte chaleur à la tête. Il s'y joint des douleurs des lombes et du dos, un pouls accéléré, plein sans dûreté, quelquefois petit et serré. La région épigastrique est tendue et plus ou moins douloureuse, la langue couverte d'un enduit jaunâtre, la bouche amère et la soif inextinguible avec un goût prononcé pour les boissons froides et acides. Les yeux sont jaunâtres, les urines rares et fortement colorées, et la fièvre est continue, avec un redoublement le soir, qui prend quelquefois un type déterminé. Il y a envie de vomir, et souvent le malade rejette avec de grands efforts, des matières jaunes et porracées. Les douleurs de ventre sont très-vives et le ténesme très-incommode et très-fatiguant. Le besoin continuel d'aller à la selle sans rien rendre, dans lequel les intestins sont poussés en bas avec violence, est exactement rendu par ces mots de *Sydenham* : *depressio intestinorum cum dolore et molestissimus omnium viscerum quasi descensus.* Les évacuations ont quelquefois lieu dès le commencement de la fièvre, ne viennent le plus souvent, que le troisième ou le quatrième jour de son invasion, sont petites, fréquentes, muqueuses, bilieuses, avec matières verdâtres très-fétides, et stries de sang.

Symptômes de la dysenterie putride ou ady-namique. — La dysenterie avec fièvre ady_ namique, se compose de tout ce qui abat les forces de la vie et diminue l'action vitale des solides, comme la malpropreté, un séjour habituel dans des lieux bas et humides, un air humide et chaud et non renouvelé, tel que celui qu'on respire à bord des vaisseaux, dans les hôpitaux, les prisons, etc... la disette, la mauvaise qualité des alimens, un tempérament phlegmatique, une épidémie régnante, des fatigues extrêmes, et des affections de l'âme débilitantes, comme la tristesse et la crainte.

Elle survient quelquefois sans signes précurseurs, et dans d'autres cas, elle se fait pressentir et vient par degrés. Elle s'annonce d'abord, ou par un sentiment de froid universel, qui est plus ou moins long et plus moins considérable, ou par de légers frissons, qui sont suivis d'une chaleur assez grande, par une douleur gravative de la tête, des vertiges, et une sorte de stupeur. Le sommeil est troublé et ne répare point. Il y a pesanteur des membres, bouche insipide et amère surtout le matin , anorexie , langue blanche et visqueuse , mais humide dans les premiers jours , pouls petit et foible et comme naturel , douleurs abdominales , et sentiment de chaleur au rectum. Tantôt les évacuations ont lieu dans ce premier temps , et tantôt elles viennent plus tard.

Ces symptômes prennent bientôt de l'accroissement, et leur marche progressive , n'attend pas toujours la fin du premier septenaire. La soif devient très-vive et il y a désir ardent des boissons acides. Les yeux sont rouges , larmoyans , chassieux , le visage triste , comme d'un homme étonné et méditant profondément , les fonctions de l'entendement manifestement troublées , la foiblesse très-grande et les douleurs de ventre permanentes et très-violentes. L'abdomen est tendu , sensible au toucher , et les efforts pour aller à la selle , très-répétés , et presque toujours vains. Les déjections varient ordinairement en couleur , en consistance et en nature , et ne charient que des matières glaireuses et floconeuses, plus ou moins mêlées de sang.

Si des sueurs générales et bienfaisantes , si des urines copieuses et chargées , si enfin , des selles plus faciles, plus abondantes , avec moins de fréquence et de coliques , n'opèrent pas la solution de cette maladie , on voit la langue se couvrir d'un enduit très-sale et très-épais , devenir aride, gercée et tremblotante, et les dents , les lèvres et l'intérieur de la bouche , prendre une couleur fuligineuse. Les forces s'épuisent , le pouls s'affoiblit , l'haleine est fétide , le ventre reste tendu et douloureux , et les selles toujours petites et fréquentes, augmentent en fétidité, et coulent à l'insçu du malade. Bientôt le hoquet , la difficulté d'avaler surviennent ; il n'y a plus de sentiment de soif ; les douleurs cessent , le corps se couvre de pétéchies rouges, livides ou noirâtres , la bouche est béanté avec aphonie , la respiration devient difficile , l'anus se dilate d'une manière extraordinaire, les selles sont continuelles , noires , cadavereuses , extrêmement puantes , et quelquefois plus sanguinolentes que de coutume. Il y a délire taciturne, carpologie , soubresauts dans les tendons, affection soporeuse, froid des extrémités , foiblesse graduelle et inégalité dans le pouls, et enfin , une destruction, comme graduée , de la sensibilité et de l'irritabilité , qui conduit à l'extinction totale des forces de la vie.

Symptômes de la dysenterie maligne. — Je me bornerai en traçant les caractères distinctifs de la dysenterie compliquée d'une fièvre alaxique , à présenter les accidens qui caractérisèrent dans un de mes voyages une dysenterie très-grave à laquelle je donnai le nom de maligne ou nerveuse.

Les nègres qui en étoient atteints se plaignoient tout à coup de coliques extrêmement vives et d'envies continuelles d'aller à la selle , sans pouvoir rien rendre. Plus ils étoient forts, plus ces accidens étoient violens. Ils disoient éprouver une chaleur intérieure très-grande et avaient une soif inextinguible. Leur peau était sèche et d'une température à-peu-près naturelle , le pouls petit et serré , la langue humide et nullement chargée ; l'abdomen applati , comme enfoncé et . très-douloureux , la tête lourde , l'air hagard , le regard étonné et la foiblesse subitement extraordinaire. En vingt-quatre heures il survenoit délire taciturne, affection comateuse, aphonie, syncopes, mouvemens convulsifs , quelquefois tétaniques ,serrement de la gorge,

hoquet et difficulté d'avaler. L'anus étoit dilaté
dès le principe d'une manière étonnante, et il
en découloit sur la fin et involontairement, des
matières glaireuses plus ou moins teintes de
sang et souvent mêlees d'une grande quantité
de vers. Les lavemens n'étoient point retenus;
ils sortoient à mesure qu'on poussait le piston
de la séringue. Les douleurs cessoient de bonne
heure, le pouls s'affaiblissoit et une insensibi-
lité parfaite rendoit ces malheureux indifférens
sur la fin de leur existence, qu'ils attendoient
paisiblement, couchés sur le côté et le corps
généralement fléchi, ce qui avoit lieu le plus
ordinairement du quatrième au sixième jour.

Cette dysenterie régna à bord, après une
rougeole très-meurtrière, dans le second période de laquelle les malades périssoient de
gangrène aux parties de la génération et d'ulcères daus la bouche qui corrodoient la langue, les gencives, mettoient à nud les os des
mâchoires et perçoient les joues. Les jeunes
nègresses furent les seules atteintes de gangrène aux parties de la génération, et quelques-unes de celles qui guérirent perdirent
les grandes et petites lèvres et une grande
partie des parois internes du vagin. L'escarre
s'étendoit si loin chez l'une d'elles qu'il lui

resta

resta une fistule urinaire vaginale. La dysenterie n'épargna pas plus ceux qui avoient
échappé à la maladie exanthématique que
ceux qui en avoient été légèrement atteints.
Il y eut aussi à la même époque des fièvres
de même caractère sans dysenterie.

CHAPITRE V.

Du prognostic de la dysenterie.

La dysenterie est plus ou moins dangereuse selon qu'elle est simple ou compliquée,
selon la nature et la permanence de ses causes,
l'âge et le tempérament de ceux qui en sont
atteints.

Aucune maladie n'est aussi susceptible de
récidive que celle-ci, et ne laisse après elle
autant d'accidens qui dépendent de ses complications et de sa durée. En général les signes
d'une heureuse terminaison sont dans la disparition de tous les symptômes qui existoient
dans les deux premiers périodes, et de tous
les autres phénomènes qui se sont succédés;
mais l'issue est toujours incertaine quand la
maladie, loin de diminuer, prend un accrois-

4

sement progressif et résiste au traitement mis en usage.

La dysenterie simple se termine le plus ordinairement avec facilité et en peu de temps, s'il n'y a ni vice de régime , ni emploi de remèdes contraires ; sans quoi elle peut se convertir en lienterie, dégénérer en dévoyement colliquatif , prendre un caractère de chronicité et être suivie d'engorgement dans quelques viscères abdominaux.

La dysenterie avec fièvre inflammatoire confiée à la nature et à un traitement anti-phlogistique bien dirigé , se termine très-promptement et d'une manière presque toujours heureuse. Des sueurs , des urines critiques amènent plus de facilité dans les déjections , appaisent les douleurs abdominales , et donnent la solution de la maladie. Si cependant elle passe le quatorzième jour, il y a à craindre qu'elle ne se complique d'une fièvre adynamique ou que l'inflammation ne se termine par suppuration ou gangrène.

La dysenterie gastrique énervée par des boissons aqueuses , abondantes , diminuée par des évacuations sollicitées à tems, par des sueurs et des urines spontanées se termine promptement par le retour à la santé, mais elle peut aussi se compliquer d'accidens adynamiques par un traitement vicieux, se changer en une dysenterie de longue durée, traîner après soi tous les résultats de l'atonie du canal intestinal et de l'engorgement des viscères et déterminer d'une manière topique une inflammation et une gangrène prompte des parties affectées.

La terminaison des dysenteries adynamique et ataxique ou maligne est presque toujours funeste. En général si les dangers sont alarmans dès le principe, si les causes sont puissantes et les sujets affoiblis, l'issue sera fâcheuse. Si, au lieu de sueurs copieuses, d'urines critiques, d'un changement dans les selles, de diminution dans les douleurs et autres accidens concomitans, il survient une grande prostration de force, difficulté de respirer, délire, hoquet, déglutition difficile, face hippocratique, inégalité et intermitence du pouls, froid des extrémités, dilatation de l'anus, écoulement involontaire de matières cendrées, aqueuses et fétides et éruptions pétéchiales, la mort est prête à terminer les souffrances et la vie du malade.

D'après cet exposé, il est facile de juger que la dysenterie simple est moins à craindre que

les autres, que l'inflammation a des suites or
dinairement moins fâcheuses que la gastrique
et qu'enfin les plus dangereuses sont l'adynamique et l'ataxique ou maligne.

CHAPITRE VI.

Du traitement de la dysenterie.

LE traitement de la dysenterie devant varier
en raison de sa simplicité ou de ses complications, je suivrai la même marche que j'ai observée dans la description des symptômes et après
avoir indiqué ce qui convient à la dysenterie
simple, je dirai ce qu'il faut faire pour arrêter
les progrès de celles qui sont accompagnées
de fièvre inflammatoire, d'embarras gastrique,
et de celles qui sont adynamiques ou malignes.

Traitement de la dysenterie simple.—Le
traitement suivi par le citoyen Pinel dans l'é-
pidémie de la maison de Bicêtre pendant l'été
de l'an 3e. fut très-simple ; il se bornoit à
donner, dans la première époque, des boissons mucilagineuses , comme de l'eau d'orge
gommée, de l'eau de lin nitrée, du bouillon

aux herbes, après avoir souvent débuté par un grain de tartrite antimonié de potasse; dans la seconde époque, les mêmes boissons étoient continuées, en les entremêlant de quelque laxatif comme la manne et les potions narcotiques étoient employées avec la plus grande réserve, seulement dans la seconde époque et à l'occasion de quelque symptôme urgent comme douleurs intolérables, tranchées très-vives, insomnie opiniâtre etc... Le sentiment d'une chaleur âcre et mordicante au rectum à la seconde ou troisième époque étant devenu quelquefois un symptôme très-incommode, il donna avec succès un grain de tartrite antimonié de potasse dans un verre d'eau avec vingt grains de rhubarbe en poudre. La guérison facile de plus de deux cent insensés au moyen d'une simple décoction de chicorée, d'oseille et de cerfeuil avec un peu de beurre dont on donnoit à chacun d'eux une pinte dans la journée, du vingt au vingt-cinquième jour prouve combien on peut eu simplifier le traitement.

Comme la suppression de transpiration me paroissoit être la cause occasionnelle de la dysenterie que j'ai vu règner parmi les nègres embarqués que j'appelois séreuse à cause de

la nature des déjections, ou bénigne à cause de
sa terminaison prompte et généralement heureuse et qui me paroît avoir des traits de res-
semblance avec la dysenterie simple observée
par le professeur *Pinel*, je dirigeai entièrement
mon traitement vers les moyens propres à la
rappeler. Je donnois du thé léger, des infusions de sureau, de coquelicot, je faisois faire
des frictions sèches et répétées sur toutes les
parties du corps et je faisois délivrer à chacun,
dès l'invasion, de grands morceaux d'une étoffe
de laine appelée *baguette* pour les tenir chaude-
ment et les mettre à l'abri de l'influence de l'atmosphère ; ils vomissoient de bonne heure, soit
avec l'ipécacuana en poudre, soit avec l'infusion
de cette racine concassée , soit enfin avec le tartrite antimonié de potasse dont je me servois in-
différemment et usoient de lavemens émolliens
plus ou moins répétés. Je substituois quelquefois
aux boissons désignées, l'eau de riz et je leur faisois prendre le soir quelques gouttes de laudanum liquide ; j'en ai même fréquemment mêlé
dans les lavemens et j'ai toujours eu lieu de m'applaudir de cet usage. Après l'emploi des laxa-
tifs comme la manne et les tamarins, je pas-
sois à cause de la présence presqu'infaillible
des vers dont souvent ils rendoient une grande

quantité, aux vermifuges comme la mousse de corse, le semencontra, et la rhubarbe en poudre que j'associois au muriate de mercure doux et que je continuois jusqu'à la cessation entière de la maladie.

Ces moyens me réussirent parfaitement, et je n'eus que rarement occasion de recourir au quinquina, ou autres toniques pour réprimer des diarrhées subséquentes, et réveiller l'action du tube intestinal. L'emploi du laudanum liquide, qui ne fut jamais abusif, contribua beaucoup au succès du traitement. Je voulois, par là, exciter la transpiration, procurer du sommeil, réprimer les efforts vains pour aller à la selle, et favoriser, par un calme momentané, la descente des excrémens, à la faveur du rétablissement de l'action péristaltique des intestins, et mon attente fut rarement trompée. Les lavemens appaisoient topiquement les douleurs du rectum, en diminuoient le resserrement, et concouroient au même but. D'ailleurs, nulle indication contraire à son usage; évacuans donnés dès le principe, point de saburre dans les premières voies, fièvre peu sensible et tendance à des accidens nerveux. Le régime ne pouvoit guère être diversifié; le riz et le

...in , étoient les seuls moyens dont je pusse disposer.

Traitement de la dysenterie avec fièvre inflammatoire. — Une telle complication proscrit toute médecine irritante. Le traitement antiphlogistique est le seul convenable. L'indication essentielle à saisir, est de ne point permettre aux forces vitales de pécher par excès , et de faire ensorte de ne point les jeter dans un défaut contraire. La saignée a , dans ce cas-ci, un effet vraiment révulsif, comme l'a dit *Sydenham* , et elle doit être répétée en raison des forces et du tempérament du malade. L'application des sangsues devra être faite à l'anus , s'il y a eu suppression d'un écoulement hémorroïdal habituel , ou du flux menstruel. Les boissons adoucissantes , acidules , comme la limonade légère , l'eau d'orge gommée , l'eau de riz agréablement acidulée , le petit - lait , les émulsions , le syrop de vinaigre , de limon, et l'eau de groseille , seront donnés avec profusion. Le nitre y sera avantageusement associé. Les lavemens émolliens , les fomentations et les bains auront d'autant plus d'efficacité , qu'ils ont l'avantage de pouvoir être appliqués immédiatement sur le siège du mal. C'est avec de tels moyens, qu'on tâchera de réprimer les accidens inflammatoires, dont la diminution permettra d'évacuer doucement avec le tartrite acidule de potasse et les tama- rins et la disparition, de donner la teinture aqueuse de rhubarbe, et quelques prépara- tions opiatiques, s'il y a atonie du canal intestinal, insomnie et douleur au rectum.

Le régime doit être humectant, incrassant et adoucissant. Il doit consister en panades, œufs, crèmes de riz, d'orge, gruau, salep, sagou, etc. Il faut être réservé sur l'usage du vin, et ne passer à une nourriture ani- male, que quand les forces digestives seront suffisamment rétablies.

Traitement de la dysenterie gastrique. — Il faudroit des motifs pressans tirés du pouls, de la force du sujet et de la violence de la douleur, pour employer la saignée dans la dysenterie gastrique. Il y a à craindre qu'elle ne cause une débilité qui nuise à l'action des vrais moyens curatifs, et ne donne plus d'in- tensité à la maladie, en lui ôtant de sa cu- rabilité. Le vomissement procuré par l'ipé- cacuana, par le tartrite antimonié de potasse,

ou par l'union de ces deux médicamens,
comme le faisoit *Pringle*, et même répété
tant que l'indication et les signes de turges-
cence subsistent, est un des moyens dont
l'efficacité est la plus généralement reconnue
et la moins contestée. Les boissons délayantes,
adoucissantes, comme l'eau de riz, l'eau de
poulet, le petit-lait, l'eau de groseille, l'eau
d'orge, dans laquelle on a fait dissoudre un
peu de gomme arabique, doivent ensuite
être données pour délayer les matières contenues dans les premières voies, corriger in-
sensiblement la nature des déjections, diminuer les douleurs, et préparer l'action des
purgatifs dont l'emploi précipité pourroit re-
tarder la guérison, et même y apporter des
obstacles invincibles. Cependant le tartrite
acidulé de potasse et les tamarins, qui n'ont
point les inconvéniens des autres purgatifs,
peuvent être utilement substitués à ces boissons; leur goût acide plaît aux malades, et
leur action tend à rendre les selles plus abondantes, à débarrasser sans secousses le canal
intestinal, et à prévenir une absorption fâcheuse.

Quand l'indication d'évacuer préparée par
ces moyens est bien reconnue, on y aura

recours et on choisira les plus doux , comme
la manne , la casse , les sulfates de soude et
de magnésie , les tamarins et le tartrite acidulé de potasse. On y reviendra de nouveau
si les accidens l'exigent encore , ayant égard
aux forces du malade. Pendant la marche de
la maladie et le cours du traitement , on
usera de lavemens émolliens et adoucissans ,
de fomentations , de fumigations , et autres
moyens analogues , dont l'action locale peut
calmer , évacuer et procurer une solution
heureuse.

Lorsque la maladie est sur son déclin et
pendant la convalescence , il est nécessaire de
s'occuper de l'état de l'estomac et du tube
intestinal et de chercher à en rétablir le ton
naturel. On y parviendra avec l'infusion de
camomille , le vin d'absynthe , la teinture
aqueuse de rhubarbe , la rhubarbe en substance associée à l'extrait de quinquina et les
préparations opiatiques.

C'est dans cette dysenterie que les fruits
mûrs, savonneux et légèrement acides ont produit des effets avantageux. On ne doit pas
en négliger l'emploi , tant dans le courant de
la maladie que pendant la convalescence ; le
choix doit en être dicté et la quantité désignée.

Ils feront partie du régime, qui consistera en alimens de facile digestion, comme bouillies et crêmes de riz, d'orge, de gruau, œufs, vermichel, sagou, salep, compotes de fruits, confitures, auxquels on associera graduellement le poisson, les gelées de viandes, le bouillon gras, et autres substances animales, dont l'usage prématuré seroit dangereux. Ce n'est qu'à cette époque que le vin peut être compté parmi les moyens utiles : avant il eut été incendiaire, selon *Zimmermann*, qui cite plusieurs observations propres à justifier ce point de pratique médicale.

Stoll a remarqué que, quand la dysenterie est suivie d'une diarrhée qui eut été favorable si elle eut peu duré, et qui par sa continuité devient difficile à arrêter, à cause de l'atonie subséquente des intestins, la racine d'arnica, en poudre ou en infusion, est constamment avantageuse et même plus utile qu'aucun autre remède tonique (1).

Traitement de la dysenterie adynamique. — Il faut dans cette dysenterie relever les

____

(1) Rat. med. tom. III.

forces vitales , et comme dans toutes celles
que nous avons parcourues , s'occuper de
l'état des membranes muqueuses des intestins.
Rien n'est si important que de fixer de bonne
heure et avec précision les moyens propres
à venir au secours de la nature défaillante,
et à la faire résister avec avantage aux efforts
de la maladie. Combien le mot adynamique
a été heureusement substitué à celui de putride , et combien il peut contribuer à éclairer
le traitement ! il a un sens vrai qui nous di-
rige sur-le-champ vers l'état des forces vitales , nous fait apprécier les lésions de la sensibilité et surtout de l'irritabilité musculaire
et fait rejeter l'idée de la putréfaction du sang,
dont le *professeur Deyeux* n'a trouvé au-
cunes traces dans les recherches chymiques
qu'il a faites.

Une méthode curative , évacuante et tonique est celle qui convient pour remplir toutes
les indications. On fera vomir dès le principe
avec le tartrite antimonié de potasse ou l'ipécacuana , si les forces le permettent , autant
pour secouer , agiter et opérer une diversion
mécanique que pour évacuer. Il y a des cas
où l'on doit préférer un éméto-cathartique ,
comme une grande foiblesse , une sensibilité

exquise et la répugnance du malade. Les boissons toniques, telles que les infusions légères
de camomille et de sureau et acidules, comme
la limonade, la tisanne d'orge avec le tartrite
acidule de potasse, le petit-lait, l'eau de
riz acidulée, la tisane de pommes et les syrops
ou gelées acides seront employés avec avantage. L'usage des lavemens adoucissans et légèrement toniques, faits avec la racine d'al-
tha, les feuilles de mauve, les fleurs de camomille et de melilot est également utile, ainsi
que les fomentations de même nature.

De bonne heure on aura recours au quinquina, au camphre et aux boissons vineuses,
dont *Pringle* fait l'éloge, et qu'il dit supé-
rérieurs à tout ce qu'il avait employé jusque-là
dans le traitement des fièvres putrides. Tous
les médecins en reconnoissent également les
propriétés avantageuses.

L'expérience a consacré les vertus toniques
et essentiellement fortifiantes de l'écorce du
Pérou. Elle convient pour ranimer les forces,
prévenir une trop grande atonie des intestins,
et en réveiller l'action péristaltique naturelle,
et empêcher ou remédier aux hémorragies
passives et aux éruptions pétéchiales. *Mouro,
Tissot, Zimmermann, Pringle, Wit et Bal-*

dîner en ont fait un grand usage , en le donnant sous toutes les formes , ou seul ou associé
à la serpentaire de Virginie , ou conjointe-
ment avec l'acetite d'ammoniaque, la teinture
d'opium , le diascordium et le camphre. Cette
dernière substance n'est pas moins efficace
que le quinquina. On la regarde comme un
puissant tonique qui peut être porté à des
doses très-fortes.

La petitesse et la foiblesse du pouls , le
besoin d'une dérivation , réclament l'application des vésicatoires qui donnent à toute la
machine une secousse avantageuse , qui resserrent le ventre , et excitent la transpiration. Il
est des cas où , en brusquant leur usage , on
opère une solution plus prompte de la maladie.

Les fleurs ou les racines d'arnica en infusion,
en décoction , en extrait ou en poudre , étant
éminemment toniques , conviennent dans une
telle lésion de l'irritabilité , surtout , comme
le dit *Stoll* , quand le pouls est mou et foible,
quand il y a déjections putrides , colliquatives
et involontaires.

Traitement de la dysenterie maligne ou
ataxique.

La médecine est, dans ce traitement , essentiellement active. Le temps est précieux , et toute erreur seroit très - préjudiciable. Les causes qui résident dans les constitutions atmosphériques , dans la nature du sol , du climat et de l'air respirable , et causent les dysenteries adynamiques , sont communes à celle - ci ; la différence vient des causes prochaines , et particulièrement du tempérament. Toute méthode de tâtonnement étant dangereuse, et les évacuans ne pouvant que rarement être mis en usage , il faut se hâter de donner les boissons vineuses , le quinquina, la serpentaire de Virginie , le camphre et l'arnica. On emploiera de bonne heure les rubéfians et les vésicatoires. Ces derniers , promenés sur la surface cutanée , ont paru très-utiles.

Je faisois consister le traitement des noirs atteints de cette maladie , dans l'usage de ces divers moyens. J'usois largement du quinquina en substance, du camphre que j'étendois, trituré avec un peu d'esprit de vin dans la décoction de cette écorce , ou dans une boisson mucilagineuse. Je donnois des lavemens de cette même décoction et de tête de pavot , et j'appliquai plusieurs fois des vésicatoires sur le ventre. Je mêlai souvent quelques gouttes de teinture d'opium dans les boissons vineuses prescrites ;

prescrites ; mais plus souvent je lui préférai le liqueur d'Hofman et l'éther vitriolique. Quoique cette dysenterie fût très-meurtrière, j'eus cependant quelquefois à m'applaudir des résultats de ce traitement.

C'est à cette complication que je rapporterai une observation faite à l'hôpital de la marine de Cherbourg. Un soldat qui etoit en garnison dans un lieu marécageux, où des fièvres intermittentes règnent presque habituellement, y fut admis pour une fièvre quarte, dont les accès fort longs et accompagnés d'accidens nerveux, étoient avec envies fréquentes et vaines d'aller à la selle, douleurs et dépression du ventre, déjections muqueuses et sanguinolentes, et ténesme. Comme il avoit pris un vomitif au quartier, je lui donnai sur-le-champ le quinquina, et il prit chaque soir quelques gouttes de laudanum liquide. L'accès suivant fut plus foible, et le second n'eut pas lieu. Les accidens dysentériques s'arrêtèrent en suivant la même progression. Cependant son rétablissement fut long, et il fallut lui continuer les toniques pour arrêter une diarrhée subséquente assez opiniâtre (1).

____

(1) Les naturels des côtes d'Angola, et de Congo,

5

CHAPITRE VII.

De la dysenterie lente ou chronique.

QUAND il s'est passé quatre à six semaines depuis l'invasion d'une dysenterie, sans qu'il

sur les côtes d'Afrique, n'offrent rien de satifaisant sur le traitement de cette maladie. Leur médecine, entièrement empirique, consiste en amulettes, talismans, invocations de leurs fétiches, au son d'instrumens aigus et discordans, et en écorces d'un goût très-acerbe. Au reste, leur ignorance est telle, qu'on trouve chez eux, à l'instar des anciennes épreuves de l'eau et du feu, celle d'une substance vénéneuse, dont la dose est en raison de l'intérêt de l'homme chargé exclusivement de l'administrer, et de la puissance ou de la haine de celui qui en provoque l'emploi, et les effets relatifs à l'idiosyncrasie de celui qui y est soumis. Ils se servent aussi de bains et d'aspersions d'eau froide dont j'ai trouvé l'usage dans quelques habitations de Saint-Domingue. Je dois à la vérité de déclarer que ces moyens furent employés avec le plus grand succès, sous mes yeux, sur un jeune nègre atteint de la dysenterie, depuis un mois, dont la mort me paroissoit inévitable. J'ai depuis ce temps quelquefois employé ce moyen

soit possible de prévoir quand elle cessera,
on lui donne le nom de lente ou chronique.
On en a vu durer plusieurs mois, et même des
années entières, qui résistoient à tous les
remèdes, s'arrêtoient d'elles-mêmes, et repa-
roissoient ensuite plus opiniâtres et plus graves.
Cet accident est ordinairement la suite du peu
de soin qu'on a mis à user des moyens curatifs
convenables dès le commencement de la maladie, ou de ce qu'on les a cessés trop tôt. Il
peut venir aussi de fautes dans le régime, de
rechutes, d'engorgemens anciens, et d'un
traitement où on a abusé des échauffans, des
astringens et des narcotiques. Un tempérament
mou, lâche où prédomine le système lymphatique, une constitution scrophuleuse et une
température humide habituelle, peuvent encore
rendre la curation de la dysenterie longue et
[illegible]

perturbateur, lorsque des symptômes gastriques ou in-
flamatoires n'en contreindiquoient point l'usage, et
quand il y avoit tendance à la chronicité et j'ai eu
lieu de m'en applaudir. Mais comme ces essais ont été
trop peu nombreux pour en déduire une pratique in-
variable, et l'appuyer par une théorie raisonnée, je me
borne à citer cela comme un fait, et je m'abstiens de
toute réflexion.

difficile, et lui imprimer un caractère chronique.

Le corps est très-amaigri, le visage pâle et effilé, et la peau sèche, décolorée et comme terreuse; le pouls est foible et lent, excepté dans le cas de suppuration où sa fréquence marche de pair avec des frissons irréguliers et des douleurs locales, et l'appétit est presque nul. La digestion se fait même avec une telle difficulté, que non-seulement on sent une grande oppression d'estomac après avoir mangé, et qu'encore les alimens sortent par les selles, sans éprouver un changement notable, comme dans la lienterie. Les selles ne sont pas, il est vrai, ordinairement aussi fréquentes que lors de l'invasion de la maladie, ni accompagnées de douleurs aussi vives et autant réitérées, et d'un ténesme aussi incommode; mais elles sont encore muqueuses, glaireuses, et quelquefois sanguinolentes. Elles peuvent être purulentes, s'il y a abcès ouvert dans une partie du tube intestinal, ou s'il y a érosion ou ulcération.

Ces dysenteries lentes sont extrêmement opiniâtres, souvent mortelles, dégénèrent en d'autres maladies, surtout en engorgemens abdominaux et en hydropisie, et ne se guérissent jamais sans beaucoup de patience, d'exac-

fitude et de constance de la part des malades.
*Cleghorn in the account of the diseases of
Minorca*, dit que toutes les dysenteries qui
n'étoient pas traitées dès le commencement,
devenoient au moins très-opiniâtres, et souvent mortelles, malgré l'usage des spécifiques
les plus vantés. L'opinion de l'incurabilité des
dysenteries anciennes ayant été très-répandue,
souvent on les a abandonnées à elles-mêmes,
et on n'a fait aucun effort pour les guérir;
cependant *Monro* a vu beaucoup de malades
qui, au moyen de grands soins, et à la faveur
d'une forte constitution, ont surmonté peu à
peu la maladie, et ont recouvré leur santé,
surtout s'ils ont été assez heureux pour passer
l'hiver, et arriver au commencement de la
douce température de l'air. Il est, au reste,
utile d'être prévenu que le traitement en est
très-difficile, et très-souvent infructueux, et
que les mauvais succès ne peuvent être éton-
nans que pour ceux qui n'ont vu cette maladie
que dans les villes où on ne tarde pas à réclamer les secours de l'art. Pour asseoir un prog-
nostic juste, il faut avoir suivi les hôpitaux
militaires ou de marine, où se trouvent souvent
à la fois beaucoup de dysenteriques, et dont
les malades ont été exposés à toutes les intem-

péries de l'air , à toutes les fatigues possibles ,
et n'ont reçu depuis long-temps qu'une mauvaise nourriture.

« Le but qu'on doit se proposer en traitant ces
dysenteries, dit *Zimmermann*, c'est de faire
évacuer les humeurs corrompues, de fortifier
les intestins, et dans leur état purulent, de
mondifier et de guérir les ulcères. On a pro-
posé, à cet effet, des vapeurs résineuses dirigées par l'anus dans le rectum, un ample usage
de l'eau tiède qui peut déterger, et dont l'absorption facile seroit avantageuse, et l'emploi
de l'eau froide qui servit à un médecin suisse,
dans l'épidémie de 1766, pour guérir une dysenterie opiniâtre dont étoit atteinte une femme
de soixante-trois ans. Il lui en ordonna toutes
les quatre heures un verre, en ne lui permettant
que le lait tiède pour toute nourriture. En
peu de jours les selles furent plus rares et sans
sang, et les tranchées et le ténesme s'adou-
cirent.

Le simarouba a été préconisé. *Jussieu* en a
fait le plus grand éloge, et a souvent, dit-il,
guéri complétement des personnes tourmen-
tées de flux de ventre depuis très-long-temps,
sans occasionner de malaise, sans qu'il en ré-
sultât le moindre trouble dans les fonctions,

ou le moindre accident fâcheux. *Zimmermann* croit, malgré ce témoignage respectable, qu'il y a des limites qu'il ne faut pas méconnoître, et est d'avis que le simarouba ne remplit pas toujours d'aussi grandes espérances. Il l'a vu augmenter le mal, loin de le diminuer, chez un hypocondriaque, et il le croit, ou inutile, ou préjudiciable toutes les fois qu'il réside une matière corrompue dans les intestins. Il ne peut enfin, selon lui, convenir que quand les évacuations ont été suffisantes; dans ce seul cas, il peut fortifier avantageusement les intestins et leurs vaisseaux. *Monro* a reconnu ses bons effets, quand le malade continuoit long-temps à rendre du sang par les selles. La meilleure manière de l'administrer, est d'en mettre deux à trois gros à infuser à une chaleur douce pendant deux heures dans une livre d'eau, de les y faire bouillir ensuite pendant une demi-heure, et de le filtrer pour en faire prendre moitié le matin et moitié le soir. On peut le continuer ainsi tous les jours pendant long-temps; et si les urines deviennent plus copieuses et moins colorées, on peut être sûr que le flux de ventre guérira.

Degner donnoit la cascarille, le cachou,

purgeoit avec la manne et l'extrait de rhubarbe, et faisoit prendre de l'extrait de quinquina. La gomme arabique mêlée dans les
boissons, a produit de bons effets dans les
dysenteries lentes. *Baldinger* la trouva très-
avantageuse, lorsqu'il présumoit lésion aux
intestins. Enfin, *Mead* se servoit du baume
de lucatelli, quand après une dysenterie, il
soupçonnoit l'ouverture d'un abcès.

Les purgatifs ont été employés avec succès, pour évacuer les matières endurcies dans
les cellules intestinales, faire cesser les tranchées, et prévenir l'augmentation du cours
de ventre. Il est des cas où un vomitif seroit
peut-être préférable, de même que les lavemens devront suffire, s'il y a foiblesse,
grandes douleurs et ténesme. La teinture
aqueuse de rhubarbe, les tamarins et les lavemens mucilagineux suffisent pour produire
les évacuations nécessaires. *Brocklesby* a associé dans les mêmes vues, l'opium et l'ipécacuana. Il donnoit tous les jours, soir et
matin, une pilule faite avec deux grains
d'opium et trois grains d'ipécacuana, et de
cette manière, l'ipécacuana devenoit un très-
doux purgatif, et l'opium calmoit l'irritation

que le purgatif ou les matières retenues pouvoient causer.

Enfin, le traitement qui convient le mieux
dans les dysenteries anciennes, lorsqu'il n'est
pas encore trop tard pour agir, consiste dans
les moyens suivans.

1°. On tiendra les malades au plus grand
régime, qui sera composé de lait, de sagou,
de riz, de salep et autres substances de ce
genre. On ne leur permettra que des bouillons légers ; mais à mesure qu'ils recouvreront leurs forces, leur boisson sera l'eau
d'orge ou de riz, l'eau panée et des émulsions. On leur fera porter des vêtemens chauds,
et on prendra toutes les précautions possibles
pour que le froid ne les saisisse pas ; les
fautes que font les convalescens contre le régime, et le froid qu'ils ressentent étant les
causes les plus fréquentes des rechutes.

2°. On fera prendre de temps en temps
quelque purgatif doux, comme un peu de
manne avec les sulfates de soude ou de magnésie, de la manne dans une émulsion d'amandes, de la rhubarbe en substance à petite dose, ou sa teinture aqueuse répétée fréquemment, quelquefois même un doux vomitif.

3°. On prescrira quelques astringens et fortifians, dont l'action soit modérée, comme le quinquina associé aux narcotiques, une décoction de simarouba, qui convient à quelques sujets, les absorbans comme la magnésie, et des lavemens anodins et astringens.

4°. Il faut faire usage de temps en temps et au moment du besoin, de l'opium ou de ses préparations, vivre en bon air et sans être renfermé, et prendre de l'exercice, ou à cheval, ou par tout autre moyen, pendant le temps de la convalescence. *Monro* (1), dont j'ai extrait ce traitement, a vu aussi des cas dans lesquels les malades évacués convenablement au commencement de la maladie, ont guéri en vivant constamment et avec régularité, de bouillons et de laitage, en montant tous les jours à cheval, et en buvant de bon vin rouge. Cependant cette dernière méthode ne réussissoit que quand le mal étoit à un degré modéré, et que quand on avoit empêché, par des évacuations précédentes, qu'il ne devint aussi violent qu'il auroit pu l'être.

____

(1) Med. d'armée.

Zimmermann recommande d'être réservé dans l'usage du vin, dans les dysenteries lentes, invétérées, qui ont éludé toutes les ressources de l'art, et fait une longue énumération des dangers qu'entraînent après eux, les médicamens astringens, qui ne peuvent être prescrits, à moins que l'on ne se soit assuré que les matières morbifiques sont évacuées, et qu'il n'y a plus à combattre que l'atonie du canal intestinal. Chaque fois que j'ai eu à traiter de semblables maladies, soit à bord des navires négriers, soit dans les hôpitaux, j'ai suivi en grande partie ces préceptes, et je m'en suis très-bien trouvé. Après les évacuations, l'eau de riz, la décoction blanche étoient les boissons des malades, et leur régime étoit analogue à celui qui est prescrit ci-dessus. Le simarouba me parut toujours moins bienfaisant que le quinquina.

Les préparations martiales opèrent souvent un soulagement qu'on avoit vainement espéré des autres remèdes.... J'usai de la teinture d'opium dans tous les cas où le défaut de sommeil étoit occasionné par la fréquence des selles, quoique les douleurs fussent petites ou nulles. Le vin fut toujours un fortifiant utile. Enfin, je laissai souvent les nègres libres de se baigner, lorsqu'ils me le demandèrent, me bornant à en fixer le moment et à indiquer des précautions indispensables, et souvent je vis le rétablissement s'opérer avec une célérité que j'étois loin d'attendre. Je permettois ces bains, lorsque le soleil ardent de la zone torride, parvenu aux trois quarts de sa course, avoit élevé la température de l'eau, quand le temps étoit calme et la mer sans agitation, et ceux-là y étoient seuls autorisés, qui n'avoient point de fièvre, qui n'étoient point dans le moment d'un redoublement, et qui ne transpiroient point. On les essuyoit ensuite avec précaution, et on les enveloppoit entièrement avec des étoffes de laine.

CHAPITRE VIII.

Examens cadavériques.

STOLL a trouvé les membranes du cœcum, du colon, surtout de ses portions transversale et descendante, et celles du rectum épaisses, dures, charnues et tuméfiées : la couleur en étoit plombée ou d'un rouge pâle. On voyoit sur le mésentère et sur l'épi-

ploon, une couleur rouge-sale très-étendue,
et pénétrant çà et là profondément dans la
substance de ces organes. Le canal intestinal étant ouvert, on y remarquoit quelquefois la membrane veloutée fortement
imbue d'un verd obscur, que l'eau et l'é-
ponge ne pouvoient enlever. Quelques glandes
du mésentère étoient tuméfiées par inflammation, et ressembloient à des grumeaux
de sang. Les intestins grêlés étoient plus rarement et plus légèrement altérés, ou même
ne l'étoient pas du tout.

Ce même médecin a vu les intestins très-
enflammés, durs et rigides, et difficiles à cou-
per chez un septuagénaire mort d'une dysenterie bilieuse. Chez une femme célibataire,
de trente ans, morte de la même maladie,
après un mois et quelques jours, l'épiploon
étoit très-rouge, les gros intestins avoient
leurs parois dures et plus épaisses que dans
l'état naturel, et plusieurs endroits étoient enflammés. Leur surface interne étoit d'un rouge
pâle et couverte d'un mucus sanguinolent. Il
n'y avoit point d'érosion. Les mêmes phénomènes se présentèrent chez plusieurs autres.

Zimmermann dit, qu'à la suite d'une dysenterie putride, dont il donne l'histoire,

les intestins colon et rectum , étoient enflammés , purulens et gangrénés chez tous les
sujets qui en moururent. Le colon offroit de
petites fongosités qui rendoient du sang quand
on les pressoit et qui ressembloient aux pustules de la petite-vérole plate parvenue à
son plus haut degré , avec cette différence ,
que ces fongosités étoient solides et sans ca-
vité. Il y avoit des taches noirâtres sur la
membrane extérieure , et les glandes du mésentère étoient gonflées et mollasses.

On lit dans les ouvrages, *de Monro , de
Pringle , Barker et Cleghorn*, que les ouvertures de cadavres morts de la dysenterie ,
leur ont présenté , communément le colon
et le rectum plus ou moins affectés , quelquefois enflammés , et souvent gangrénés ; le
mal ayant attaqué principalement la tunique
interne ou membrane muqueuse. Ils ont aussi
trouvé des tubercules ou excroissances sur
cette membrane qui paroissoient prendre nais-
sance dans le tissu cellulaire qui se trouve
immédiatement au dessous. Les intestins grêles
étoient aussi quelquefois rouges et enflammés ; l'estomac a même été vu avec des taches
livides de gangrène , et les autres viscères
plus ou moins malades.

Quelques auteurs ont parlé d'abrasions, ou de particules enlevées de la tunique veloutée des intestins, qui sont mêlées sous la forme de lambeaux, aux déjections. Rien ne répugne à admettre l'exfoliation de l'épiderme interne des intestins; cependant Morgagny, dans son ouvrage de *sedibus et causis morborum, epistol. XXXI*, pense que les filamens, et les portions membraneuses, qu'on remarque dans les selles des dysentériques, ne sont souvent qu'une mucosité, une lymphe, ou toute autre humeur épaissie, et non des fibres organiques, ni des portions de la tunique veloutée des intestins.

Dans les ouvertures cadaveriques que j'ai été à portée de faire, j'ai également trouvé les intestins colon et rectum, durs et épais, retrécis dans quelques parties de leur étendue, contenant des matières muqueuses et sanguinolentes, qui sembloient appartenir à une fonte de leur tunique ou membrane interne. Il y avoit, dans le cas de dysenterie lente, distension des intestins grêles, taches livides parsemées çà et là, couleur noirâtre de l'épiploon, engorgement du mésentère, fétidité considérable, et adhérences entre quelques circonvolutions intestinales.

Le canal intestinal des nègres dont j'ai fait l'ouverture, étoit quelquefois farci de vers, ainsi que leur estomac, quoiqu'ils en eussent prodigieusement rejeté par les selles et par le vomissement. Il en étoit au reste de même dans toutes leurs maladies.

Cet examen cadavérique fixe le siége de la dyssenterie dans le canal-intestinal, et spécialement dans les gros intestins, et indique un état maladif prononcé de leur membrane muqueuse. Ainsi la doctrine de *Stoll*, et les principes du professeur *Pinel* sont d'accord avec l'autopsie cadavérique.

CHAPITRE IX.

Moyens prophylactiques.

LES moyens prophylactiques sont d'une utilité commune à toutes les classes de la société, et d'une exécution plus ou moins difficile, selon qu'il s'agit de les appliquer au peuple, aux soldats, dans les hôpitaux, dans les prisons, ou à bord des vaisseaux; ils appartiennent tous à l'hygiène, et consistent non-seulement à éloigner la maladie, mais encore

à

à l'atténuer. Quoique j'aie dit que la dysenterie n'étoit pas essentiellement contagieuse, je
n'en reconnois pas moins l'emploi des moyens
préservatifs indispensable pour prévenir ses
combinaisons avec la fièvre d'hôpital, et en
éloigner le foyer.

Il est facile aux personnes riches et à celles
qui ne doivent compte de leurs actions qu'à
elles-mêmes, de choisir un air pur, de suivre
un régime végétal, d'user d'alimens récens et
de bonne qualité, de manger des fruits doux
et acidules, de se baigner fréquemment, de
faire un exercice modéré, de vivre sobrement,
de fuir les passions tumultueuses, et d'éviter
toutes les occasions qui pourroient les rappro-
cher du foyer d'une maladie régnante ; mais
l'indigent est dans l'impossibilité, sans compter
ses préjugés et les résultats de sa crédulité, de
suivre ces règles d'hygiène. Le médecin et le
magistrat qui doivent, dans les maladies épi-
démiques, concourir au même but par une
marche concertée, ne devront pas se contenter de lui donner des conseils ; ils devront
encore en surveiller soigneusement l'exécution. Les précautions tendantes à éviter le
refroidissement subit de la peau, le renouvellement de l'air, la propreté, le soin d'éloigner

et d'enfouir desuite les déjections , un régime
convenable , et les fumigations répétées avec
l'acide muriatique oxigéné, pourront éloigner la maladie, et prévenir ses complications
alarmantes.

Le choix et le changement des campemens,
la propreté du soldat, le soin de lui fournir des
vêtemens bien conditionnés, l'attention de ne
point le fatiguer inutilement, de diriger convenablement ses exercices, et de l'envoyer de
bonne heure dans les hôpitaux, le renouvellement fréquent de la paille des tentes, et l'emploi de tous les moyens propres à le dérober
au froid, à l'humidité, et à toutes les causes
susceptibles de supprimer la transpiration,
forment l'ensemble de l'hygiène militaire,
sur laquelle on peut consulter utilement,
*Pringle , Monro , la Médecine Militaire
de Colombier, l'Histoire médicale de l'armée d'Orient par le professeur Desgenettes,
et les divers écrits du conseil de santé des
armées.*

Aux moyens généraux de propreté, de
régime et de renouvellement d'air, on joindra
pour les hôpitaux et les prisons, l'emploi des
ventilateurs , les feux de cheminée et les

fumigation avec l'acide muriatique oxigéné,
dont on usera fréquemment, et auxquelles on
exposera les linges et hardes des dysenteriques. On sera attentif à ne point encom-
brer les salles de malades, et à ne point y
laisser séjourner les déjections (1).

____

(1*). Les fumigations faites avec l'acide nitrique,
ont été employeées avec succès par le docteur *Smith*,
pour désinfecter des vaisseaux et des prisons, et celles
faites avec l'acide muriatique oxigéné sont indiquées
par le citoyen *Guyton-Morveaux*, comme jouissant
d'une efficacité qui ne laisse rien à désirer. Les premières qu'on fait avec une ou deux cuillerées d'acide
sulfurique concentré, dans lesquelles on jette peu à peu
une égale quantité de nitrale de potasse en poudre,
ayant soin de remuer le mélange avec un tube de verre
pour opérer le dégagement de la vapeur, sont regardées par le médecin Odier, de Genève, comme plus
faciles à supporter que les autres qui sont le résultat
d'un mélange de sel commun, d'oxide noir, de manga-
nèse, d'eau et d'acide sulfurique, dont la vapeur irrite
le larinx, et provoque la toux.
Après la signature des préliminaires de paix et du traité
d'Amiens, une grande quantité de prisonniers français
débarqua au port de Cherbourg. Les malades furent dé-
posés à l'hôpital de la marine dont j'étois chargé.
Plusieurs avoient des ulcères, dits d'hôpital, auxquels
une chirurgie médicale opposa en vain tous les moyens

Il est impossible de donner aux marins des préceptes diététiques puisés dans la nature et avoués par une saine hygiène. ici cette science préservative éprouve des obstacles presque insurmontables et est essentiellement relative. Les moyens généraux de salubrité qu'elle offre à bord des vaisseaux consistent dans des branle-bas fréquens, dans la propreté et la sècheresse des entre-ponts, dans le renouvellement de l'air au moyen des ventilateurs et dans les fumigations d'acide muriatique oxigéné. Les vêtemens des matelots, leurs hamacs, leur

curatifs connus. Les fumigations d'acide muriatique oxigéné, usitées habituellement pour l'amélioration de l'air, furent particulièrement dirigées sur ces ulcères, et bientôt la contagion qui donnoit à d'autres ulcères et à des plaies récentes le même caractère, s'arrêta, et j'eus la satisfaction de voir graduellement s'opérer des guérisons que j'avois tentées en vain jusqu'alors. Quoique ces fumigations fussent faites dans des salles pleines de malades, vu l'impossibilité de faire autrement, ce qui en nécessitoit un emploi plus fréquent, je n'ai vu personne s'en plaindre, ni en être sensiblement incommodé. Il n'en etoit pas de même de ceux qui entroient quand la vapeur étoit déjà en expansion; ils éprouvoient une toux très-forte, et étoient obligés de sortir sur-le-champ.

nourriture, la répartition des heures de travail et de repos, leurs passions, et surtout l'inquiétude que causent les maladies contagieuses à ces hommes chez lesquels malgré leur habitude à braver des dangers fréquens, le mal de la crainte est toujours à côté de la crainte du mal sont des objets précieux d'hygiène que je n'ai dû qu'énumérer et qu'on trouve développé d'une manière étendue et plus positivement utile dans les ouvrages de *Lind, Rouppe, Poissonnier, Duhamel, Hales, Sutton, Smith, Trotter* et *Pallois.*

Les navires qui font la traite des noirs devroient éveiller l'attention du gouvernement. Si nos intérêts font taire le cri de la nature, ils ne peuvent étouffer celui de l'humanité exposée ou souffrante. Le nombre des noirs à embarquer devrait toujours être en raison de la capacité du bâtiment et les précautions de conservation indiquées par des règlemens sages et lumineux. Ici s'appliquent tous les moyens de propreté et de renouvellement d'air, les fumigations répétées avec l'acide cité bien préférables à la déflagration de la poudre à canon dont on s'est servi long temps pour parfumer, l'emploi bien dirigé des bains, l'amélioration de la nourriture où on doit toujours faire entrer

une grande quantité de piment ou tout autre
substance analogue, l'usage du vin et de l'eau-
de-vie de temps en temps et la purification
de l'eau, au moyen d'une fontaine dépura-
toire, où le charbon pulvérisé, lui rend sa
transparence, son insipidité, et en sépare tout
ce qui tient à la corruption animale. Il ne
faut pas pousser les prétentions plus loin, dit
le cit. *Deyeux* dans ses leçons, car ce seroit
en vain qu'on prétendroit lui ôter, à la faveur
de ce procédé, les parties salines qu'elle tien-
droit en dissolution.

Il est quelques usages routiniers dans cette
navigation, contre lesquels on ne peut trop
réclamer, comme le lavage à grande eau,
des entrepons, dont l'humidité se conserve
au-delà de la journée, et se mêle, pendant
la nuit, aux causes nombreuses d'insalubrité,
dont j'ai fait plus haut le détail, et l'opinion
qu'un purgatif donné à ces africains, en en-
trant à bord, leur est indispensable. Plus d'une
fois j'ai vu ceux-là être les premiers atteints
de dysenterie. Il est nécessaire de les tenir dans
une action permanente et peu fatiguante, d'a-
doucir les moyens de répression, autant que
faire se peut, de diriger convenablement leurs
affections morales, et de détourner l'action de

toutes les causes qui pourroient supprimer leur transpiration, et affoiblir leurs organes di-gestifs.

Les affections vermineuses extrêmement communes parmi ces infortunés doivent sur-tout fixer l'attention du médecin, qui ne peut trop se rappeler que la partie préservative de son art est presque la seule qui lui promette dess uccè s.

CONCLUSION.

Il résulte de cette dissertation à laquelle je n'ai pu donner qu'un temps court et limité, que la dysenterie est une maladie qui attaque toutes les classes de la société, et se mani-feste principalement, là, où sont de grands rassemblemens, qu'elle est, avec raison, ran-gée parmi les phlegmasies des membranes mu-queuses, que son siège est dans les gros in-testins, et particulièrement dans le colon et le rectum, dont l'ulcération n'est qu'un ac-cident, qu'elle peut être sporadique, qu'elle est plus souvent épidémique, qu'elle n'est point essentiellement contagieuse comme dy-senterie, et qu'enfin, rarement simple, elle peut se compliquer d'une des fièvres qui forment la première classe de la *nosographie philosophique du professeur Pinel*, et prendre même un caractère chronique.

FIN.

Le citoyen Féburier, marchand Orfévre, tient tout ce qui a rapport aux Instrumens de chirurgie, sondes et bougies de gomme élastique. Il demeure au Compas d'or, rue Saint-Louis, n°. 2, au coin de celle de la Barillerie, près le pont Saint-Michel.

www.ingramcontent.com/pod-product-compliance
Ingram Content Group UK Ltd.
Pitfield, Milton Keynes, MK11 3LW, UK
UKHW020926120726
13693UKWH00003B/1146